Revenir dans tes bras

Carole Mortimer

HARLEQUIN

Cet ouvrage a été publié en langue anglaise sous le titre :

AFTER THE LOVING

48, avenue Victor-Hugo, Paris XVIe - Tél. 45.00.65.00
ISBN 2-280-00531-X
ISSN 0182-3531

1.

Le Dr Stapelton se tourna vers la jeune femme avec un large sourire :

— Félicitations, Bryna, d'après mes estimations, vous débutez votre neuvième semaine de grossesse.

Les doigts qui reboutonnaient le chemisier, après l'examen, furent pris d'un tremblement. Enceinte ? Mon Dieu ! Cette éventualité ne lui était même pas venue à l'idée lorsqu'elle avait pris rendez-vous chez Frank Stapelton, le médecin qui la suivait depuis son arrivée à Londres, huit ans auparavant. Enceinte ! Ce n'était pas possible !

— Je vous prescris la petite cure de vitamines que l'on conseille toujours dans ces cas-là, continua-t-il d'un ton enjoué. Durant ces premiers mois, il faudra prendre grand soin de vous. Un bon régime, de l'exercice mais sans excès, huit heures de sommeil minimum et...

— Vous êtes sûr ?

Sa voix était rauque, tendue. Le médecin fronça les sourcils.

— Je veux dire... Je ne voudrais pas... pas l'annoncer à quiconque si cela devait se révéler faux par la suite, ajouta-t-elle précipitamment.

Il ne comprendrait pas, s'il s'apercevait de son inquiétude; à n'importe quel moment de sa vie, elle aurait bondi de joie en apprenant son état; cela, Frank le savait. Mais elle ne *pouvait pas être enceinte maintenant*!

Il eut un sourire rassurant:

— Faites-moi confiance, je suis formel. Mais votre question me surprend: vous ne vous en doutiez pas un peu?

Non, pas le moins du monde. Elle n'avait même pas deviné que les tests demandés par le médecin la semaine précédente allaient révéler la raison de ses divers malaises. D'après les spécialistes, la tension nerveuse pouvait provoquer les mêmes effets, et Dieu savait combien, ces derniers temps, la vie avait joué avec ses nerfs!

— Il faudrait que vous alliez consulter un bon gynécologue, reprit le docteur. Le plus tôt serait le mieux.

— Est-ce si urgent?

Elle se sentait encore trop ébranlée pour penser à pareils problèmes.

— Il est préférable d'être bien suivie dès le début. Vous comme votre bébé aurez besoin de beaucoup d'attention, au cours des sept mois à venir.

Enceinte. Cela lui paraissait complètement irréel. Elle fit semblant de se concentrer sur les boutons de son chemisier: Frank ne devait pas se rendre compte que, des deux, c'était lui le plus ravi par la nouvelle.

Enfin rhabillée, elle prit son sac pour s'éclipser au plus vite. L'expression soucieuse de son médecin l'arrêta. Elle lui adressa un sourire rapide.

— Je dois admettre que je suis un peu surprise, avoua-t-elle d'une voix tremblante. Vous savez bien pourquoi...

— Bien sûr, Bryna, dit-il en lui tapotant gentiment la main. Dès que vous aurez repris vos esprits, téléphonez-moi, que nous parlions un peu de tout cela. Pour l'instant, ce qui compte, c'est que vous soyez en bonne santé. Je suis sûr que votre grossesse se déroulera tout à fait normalement.

Normalement ? Mais rien n'avait été normal, dans sa vie, ces derniers mois ; et son état ne pourrait qu'aggraver les choses. D'ailleurs, cela avait déjà commencé.

— Merci... Je vous appelle plus tard, docteur.

Frank hocha la tête avec un bon sourire.

— Allez-vous-en vite, je suis sûr que vous brûlez d'aller annoncer la bonne nouvelle !

A qui ? Au père ? C'était justement là le problème !

Quand elle ouvrit la portière de sa voiture, elle tremblait toujours. Avec un soupir, elle se laissa tomber sur le siège et posa son front sur le volant.

Enceinte ! Quelques années plus tôt, elle songeait à ce jour comme à une fête, et rêvait de sentir la vie croître en elle. Et puis ses parents lui avaient appris qu'à la suite d'une opération, survenue pendant sa puberté, ses chances de devenir mère étaient quasiment nulles. Douloureuse désillusion ! Elle avait pleuré des jours entiers, remâché sa révolte pendant des semaines. Ensuite, très lentement, elle avait fini par se convaincre qu'elle restait une femme malgré tout, et que cela n'empêcherait personne de l'aimer. Depuis, elle s'acharnait à remplir son existence, coûte que coûte, pour ne pas penser au vide de l'avenir.

Heureusement pour elle, sa vie professionnelle était un succès. N'est pas mannequin qui veut ; surtout apprécié comme elle l'avait été au cours des dernières années. Et à présent, alors qu'elle commençait juste à profiter d'un bonheur chèrement acquis, elle se retrouvait enceinte ! En elle vivait l'enfant de Raff.

Raff ! Voilà bien la dernière personne à qui elle pouvait raconter ce qui lui arrivait ! Elle posa ses mains sur son ventre, en un geste protecteur. Son enfant. Mon Dieu, comme elle le désirait ! Pourtant, sa présence lui ferait perdre Raff. Mais ne le perdrait-elle pas de toute façon ?

A quoi bon se leurrer, nier l'évidence ? Chaque jour, il s'éloignait davantage ; bientôt viendrait le moment où il la quitterait. Qu'il ne l'ait pas déjà fait l'étonnait, d'ailleurs : il prolongeait cette aventure bien plus longtemps qu'il n'en avait l'habitude. En fait, tout l'étonnait dans cette histoire ; en premier lieu, qu'elle soit devenue la maîtresse de Raff Gallagher, homme tout puissant de la ville et dont la sagesse, tant sur le plan personnel que professionnel, ne cessait de surprendre les gens. Quant à elle, elle avait mesuré la force de sa personnalité dès leur première rencontre. Mais jamais elle n'aurait cru succomber si vite à son charme !

Il refuserait l'enfant qu'elle portait, Bryna n'en doutait pas une seule seconde. Dès le début, il lui avait clairement signifié qu'il ne lui offrirait rien de plus qu'aux autres femmes rencontrées au cours des dix dernières années de sa vie : passion, respect, et la vérité lorsqu'il n'éprouverait plus rien pour elle. Comment dire à un homme que l'engagement tentait si peu : « J'attends un enfant de toi » ? Car n'était-ce pas l'engagement le plus définitif qui soit de créer une autre vie ? Une fois de plus, la jeune femme se dit qu'elle ne pouvait pas lui en parler. Il ne lui restait donc que quelques semaines à vivre avec lui. Ensuite, son corps la trahirait.

Mais pourquoi compter en semaines, alors qu'elle sentait approcher la fin de leur idylle ? Raff lui laissait quelques jours de sursis tout au plus. Peut-être même quelques heures seulement.

— Alors, tu en parleras à papa ?

Bryna regarda longuement la jolie jeune fille qui se trouvait en face d'elle à la table de restaurant. Elle n'éprouvait pas la moindre envie de manger, après sa visite chez le médecin, mais elle avait promis à Kate qu'elles déjeuneraient ensemble.

Elle avait effectué le trajet jusqu'à leur lieu de rendez-vous dans un état second, et elle ne comprenait même pas comment elle y était parvenue saine et sauve. Mais lorsque Kate était arrivée, cinq minutes plus tôt, auréolée de ses boucles noires, les yeux vifs et décidés, elle l'attendait déjà.

A voir le regard déterminé de la jeune fille, elle s'était tout de suite méfiée : l'adorable enfant savait se montrer si charmeuse quand elle le voulait ! Le plus léger manque d'attention lorsqu'elle faisait ces yeux-là pouvait entraîner les pires conséquences. Elle parvenait à manipuler les gens aussi bien que son père, s'il le fallait.

— Lui parler de quoi ? s'enquit Bryna, soudain attentive.

L'irritation alluma des éclairs dans les yeux gris profond :

— Mais que t'arrive-t-il aujourd'hui, Bryna ? Tu n'as pas écouté un mot de ce que je te raconte depuis mon arrivée !

La jeune femme esquissa un sourire : elle retrouvait la même impatience chez la fille que chez le père. Encore un de leurs traits communs.

— Excuse-moi, Kate, j'ai eu une matinée épuisante.

— Mmmm... Bon, je reprends : il faut absolument que tu expliques à papa mon projet de partager l'appartement de Brenda à la rentrée prochaine.

— Je croyais que tu en avais déjà discuté avec lui, et qu'il avait refusé ?

— Oh, pas définitivement, plaida Kate en se penchant vers elle, persuasive. Il suffirait que toi, tu lui dises que « c'est une bonne idée », pour qu'il reconsidère le problème.

Mais était-ce une si bonne idée ? Bien sûr, Bryna comprenait que Kate ait besoin de quitter la maison paternelle ; pourtant, à son avis, la jeune fille manquait de maturité. En outre, Brenda Sanders ne lui serait d'aucun secours ; au contraire.

Kate avait sympathisé avec cette fille à l'université quelques mois plus tôt. Chaque fois que Bryna la rencontrait, elle lui présentait un petit ami différent. Un jour, en visite dans l'appartement que Brenda proposait en partage à Kate, Bryna était tombée nez à nez avec un jeune homme qui sortait en tenue d'Adam de la chambre à coucher. Que tel soit son mode de vie, cela ne concernait qu'elle ; mais sous ses airs de jeune fille « branchée », Kate était tout à fait innocente, Bryna le savait bien. Et son père voulait évidemment qu'elle le reste encore un peu.

— Je ne crois pas que mon avis, favorable ou non, change quoi que ce soit à sa décision, dit-elle calmement.

— Tu dis des bêtises ! Mais... Oh ! s'interrompit Kate, réalisant soudain le sens de ces paroles. Tu veux dire qu'entre toi et papa, c'est fini ?

Les petits Gallagher pratiquaient la franchise avec une aisance déroutante. Aussi bien Paul, vingt ans, que Kate, sa sœur cadette . Bryna l'avait compris le jour où Raff lui avait présenté ses enfants, nés d'un mariage de jeunesse. Tout de suite, ils lui avaient demandé pourquoi Raff et elle ne vivaient pas ensemble sans se cacher, puisqu'eux, les enfants, étaient assez grands pour accepter ce genre de situation.

Peut-être... Mais ni Bryna ni Raff ne désiraient instaurer entre eux une telle dépendance. Bryna aimait sa maison, sa vie un peu bohème ; Raff, quant à lui, refusait une telle intimité avec les femmes qu'il fréquentait. Et chacun se satisfaisait parfaitement de ce mode d'existence.

— Non, je ne te crois pas, reprit Kate avant même que Bryna ait pu répondre. Papa et toi êtes ensemble depuis six mois maintenant ; trois mois de plus que la moyenne !

Tact et diplomatie... deux points forts des enfants

Gallagher! Bryna savait très bien que Raff la gardait auprès de lui plus longtemps que ses anciennes maîtresses; mais elle sentait aussi le malaise de son amant, ces derniers temps, et son irritabilité croissante. La rupture était imminente. Jusqu'à aujourd'hui, une heure plus tôt pour être exacte, elle avait béni chaque instant supplémentaire de sa liaison avec Raff. A présent, elle n'avait plus le choix: elle devait rompre elle-même s'il ne le faisait pas bientôt.

— Raison de plus pour qu'il se lasse, répliqua-t-elle avec un sourire forcé.

— Tu te trompes. D'ailleurs, Paul et moi avons fait des paris sur le temps qu'il mettrait à t'épouser. Mais... serait-ce toi qui refuserais? reprit-elle, incrédule, en fixant Bryna. Je n'avais jamais examiné la question sous cet angle!

La jeune femme détourna les yeux.

— Avant de pouvoir refuser, il faudrait d'abord qu'il m'en ait fait la proposition, ma petite Kate!

— Bryna! Tu es tellement belle. Il va sans aucun doute t'en parler d'ici peu, assura la jeune fille d'un ton convaincu.

Comme si la seule beauté suffisait!

Certes, elle était consciente de son charme; elle avait l'habitude des regards admiratifs que les hommes posaient sur elle. N'était-ce pas ce qui l'avait décidée à devenir mannequin? Très vite, le saisissant contraste de ses yeux violets avec la blondeur de ses cheveux, la souplesse de son corps harmonieux, l'aisance de ses gestes l'avaient conduite au sommet de sa profession. Sa beauté? Une mine d'or dont elle avait su profiter pendant six ans. Elle aurait pu continuer encore, mais deux ans auparavant, elle avait décidé d'ouvrir sa propre agence. Si son physique importait toujours, il n'était plus sa préoccupation majeure, ni sa hantise: quel plaisir de ne plus compter les calories avalées, ni de scruter avec inquiétude le miroir, chaque matin, pour guetter l'apparition des rides qui lui imposeraient la retraite !

Elle avait agi avec sagesse : son agence représentait un succès, tant sur le plan financier que personnel. Et n'était-ce pas grâce à elle qu'elle avait rencontré Raff ? Bien sûr, sa beauté avait beaucoup compté pour Raff, au commencement ; mais elle ne pouvait suffire pour le garder éternellement. Trop de belles femmes l'avaient précédées dans les bras de cet homme pour qu'elle aille s'imaginer le contraire.

Depuis le début, Bryna s'en tenait aux règles voulues par lui : pas d'engagement, pas de sensiblerie. Malgré tous ses efforts, elle n'avait pas réussi à rester de marbre : comment ne pas tomber amoureuse de cet être hors du commun ? Mais jamais elle ne lui avait laissé la moindre chance de le soupçonner : il aurait rompu aussitôt.

— Je ne crois pas que ton père songe à m'épouser, Kate, dit-elle gentiment. Ne te fais pas d'illusions, toi non plus.

Elle appréciait infiniment cette jeune fille tendre et exubérante. Et puis n'était-elle pas l'enfant de celui qu'elle aimait tant ? L'enfant... Et le sien, à elle, ressemblerait-il autant à son père que Kate ? Comme elle aimerait pouvoir retrouver en lui les traits de Raff...

— Bryna, Bryna ! tempêta Kate, furieuse de la voir à nouveau distraite. Es-tu sûre de ce que tu dis ?

— Absolument. Et je l'accepte, ajouta-t-elle doucement. Mais en attendant que la vie nous sépare, profitons des moments qui nous réunissent.

Quand Raff disparaîtrait de son existence, il ne s'en irait pas seul : même si elle adorait Paul et Kate, jamais ils ne continueraient à fréquenter une ancienne maîtresse de leur père !

— Tout cela n'a pas l'air de te briser le cœur, constata la jeune fille d'un air triste.

— Tu préférerais que je crie ? Que je pleure ?

— Non, bien sûr... Remarque, cela te ferait sûrement du bien !

— Détrompe-toi !

— Oh, tu es toujours si calme ! On dirait que tu maîtrises le moindre de tes sentiments ! Mais tu n'aimes donc pas mon père ?

— Je ne crois pas que je veuille te répondre.

— Papa m'a toujours dit qu'il ne fallait pas faire l'amour avec quelqu'un si on n'éprouvait rien pour lui. Pourtant, il n'est jamais amoureux de ses maîtresses ; et il condamne les femmes qui agissent comme lui...

Bryna connaissait le jugement sans appel de Raff sur les femmes volages. En tout cas, il ne l'appliquerait jamais à son propre cas : il savait qu'il serait son premier et unique amant.

Quand elle eut appris qu'elle n'aurait jamais d'enfant, elle s'était interdit toute relation physique avec les hommes : elle ne se sentait pas femme à part entière et craignait qu'ils ne le découvrent. Lorsqu'elle comprit toute l'irrationnalité de son angoisse, on lui avait déjà fait une réputation de femme inaccessible. Seul Raff était parvenu à l'atteindre. Et si sa virginité l'avait surpris, il n'en avait jamais rien dit.

Mais Kate ne pouvait pas comprendre tout cela. Six années seulement les séparaient ; pourtant, à l'âge de la jeune fille, Bryna possédait une bien plus grande maturité. Ce qu'elle appelait alors son « infirmité » l'avait mûrie plus tôt que les autres. Mon Dieu, comme elle désirait parler à quelqu'un du miracle qui se produisait en elle ! Partager sa joie... surtout avec Raff ! Hélas, il n'en était pas question. Restaient ses parents... ils allaient être fous de joie ! Peu importait qu'elle ait un mari ou pas : Bryna étant leur fille unique, ils avaient renoncé à l'espoir de devenir grands-parents. Et si elle montait les voir, en Ecosse, plutôt que de leur annoncer la nouvelle par téléphone ? L'expression de leurs visages vaudrait certainement le voyage !

— Pardonne-moi, Bryna, je ne voulais pas insinuer que tu étais une dévergondée. Tu n'as rien de ces femmes dont parle papa.

Elle piqua sa fourchette dans son saumon à l'oseille.

— Je suis déçue, voilà tout, poursuivit-elle avec une grimace. Tu aurais fait une belle-mère épatante.

Raff avait perdu sa femme, la mère de Paul et Kate, dix ans auparavant. Quand il en parlait, il semblait peu attaché au souvenir de son mariage ; comme si cette union contractée à dix-huit ans à peine, avait très vite sombré dans la morosité ; bien avant la mort de son épouse. Mais les deux enfants gardaient de leur mère une image très chaleureuse, très forte, et Bryna fut bouleversée par l'aveu de Kate : ainsi, la jeune fille la jugeait digne de tenir le même rôle auprès d'elle !

— Allons, finis ton déjeuner au lieu de dire des bêtises ! dit-elle, faussement bourrue, pour cacher son émotion. J'ai un travail fou à l'agence, je n'ai pas le temps de traîner !

Il ne fallait pas que Kate nourrisse la moindre illusion quant à l'avenir de leurs relations : elle risquait une déception trop douloureuse. Raff avait déjà élevé deux enfants, ce n'était pas pour, à trente-neuf ans, recommencer le cycle infernal des biberons, des couches et des nuits blanches ; cette simple perspective le ferait fuir plus tôt que prévu !

Mon Dieu ! Qui aurait pu deviner ce qui allait se passer le jour où, six mois auparavant, elle était entrée dans un restaurant un peu semblable à celui-ci...

Elle devait y déjeuner avec Courtney Stevens et discuter avec lui d'un contrat d'embauche pour six de ses mannequins. En effet, il voulait introduire une nouvelle gamme de vêtements dans sa chaîne de magasin européens et américains, et avait besoin, pour la promouvoir, d'une publicité impeccable. Elle l'avait trouvé aussi charmant qu'on le lui avait dit à l'agence de promotion qui collaborait avec elle. Oui, on l'avait prévenue : quand la glaciale Janet Paker disait d'un homme : « Il est charmant », il fallait comprendre : « Il est follement attirant ».

Courtney Stevens, ou Curt (il avait insisté pour qu'elle l'appelle ainsi dès les premières minutes) avait une stature de géant. Ses yeux d'un bleu profond brillaient d'un éclat diaboliquement séducteur, capable de faire fondre le plus froid des glaçons.

Bryna fut tout de suite envoûtée, et faillit en oublier les motifs de leur rendez-vous : il faut dire que Curt parlait de tout autre chose que de travail...

— Nous devions choisir ensemble les modèles dont vous aurez besoin ! avait-elle fini par lui rappeler en riant.

— Vous avez raison. Et j'ai une idée : nous allons utiliser pour les prises de vue le domaine familial ; mon père m'a laissé en héritage un superbe manoir, dans le Kent. Pour tout vous avouer, je n'y mets jamais les pieds. Mais l'occasion me paraît excellente. Et puisque l'équipe devra y passer au moins une nuit, que diriez-vous si l'un des mannequins était une grande blonde aux yeux violets ?

Il leva vers elle un regard plein d'espoir. Elle aurait dû se sentir insultée par la lourdeur de la suggestion... elle préféra éclater de rire.

— Je ne suis plus modèle.

— Oh, faites une exception, pour une fois !

Il posa sa large main sur celle, longue et mince, de la jeune femme.

— Je crains que ce ne soit impossible.

— Impossible ?

Il la regarda comme si elle venait de lui planter un couteau dans le cœur.

— Alors vous pourriez nous accompagner comme simple...

— Si tu nous présentais, Curt ? l'interrompit une voix grave au-dessus d'eux.

A la vue du trouble-fête, Curt fronça les sourcils.

— Pas maintenant, Raff.

— Si, maintenant.

Le ton n'admettait pas de réplique.

— Bryna, Raff Gallagher ; Raff, Bryna Fairchild.

On n'aurait pas pu y mettre plus de mauvaise volonté !

— Une amie à moi, précisa-t-il.

— Je suis très heureux de faire votre connaissance, Miss Fairchild, dit-il en se laissant tomber sur la chaise à côté d'elle.

Pour une raison obscure, le son même de sa voix n'avait pas donné envie à Bryna de lever la tête pour le regarder ; à présent qu'elle ne pouvait détourner les yeux, elle comprenait pourquoi : c'était comme la lune éclipsant le soleil. Curt représentait le soleil, simple, ouvert, chaleureux... Raff Gallagher la lune, sombre, profond, cachant ses secrets insondables. Etait-ce un effet de l'imagination de Bryna ? Ses yeux gris semblaient pénétrer jusqu'au tréfonds de son âme, et lire clairement ce qui s'y trouvait.

On ne pouvait pas dire qu'il était beau ; il avait une expression trop tourmentée pour cela, des traits trop durs. Cependant, il possédait quelque chose de plus précieux que la simple beauté, un charme, une présence indéfinissable qui repoussaient dans l'ombre tous les hommes de son entourage.

Il paraissait avoir la quarantaine, comme Curt, mais chez lui les années avaient déjà laissé leurs marques : dans les rides qui creusaient les coins de sa bouche, dans l'implacabilité de son regard, dans les cheveux gris qui brillaient à ses tempes.

Dès que Bryna posa les yeux sur lui, Curt Stevens ne fut plus pour elle qu'un agréable client.

— Monsieur Gallagher, le salua-t-elle, très digne.

— Oh, appelez-moi donc Raff! Moi, j'ai la ferme intention d'utiliser votre prénom.

Qu'elle soit d'accord ou pas! Cette assurance l'intrigua. Soudain, elle sut qui se trouvait à côté d'elle. Quiconque dans le monde des affaires qui ignorait le nom de Raff Gallagher était soit stupide, soit candidat à l'échec. Elle estimait n'être ni dans l'un ni dans l'autre cas.

Cet homme, comme Midas, transformait en or tout ce qu'il approchait, des biens immobiliers aux industries les plus variées.

— Raff? Tu ne voudrais pas aller voir ailleurs si j'y suis? proposa Curt d'un ton irrité. Bryna et moi avons à parler.

Raff eut un sourire narquois:

— Oh, pardon! Je ne savais pas que... Mais j'aurais dû m'en douter!

— Que vas-tu croire, malotru! Bryna et moi discutons affaires. Elle dirige l'*Agence Fairchild* si tu veux tout savoir.

— J'en ai entendu parler, déclara Raff d'une voix lente à l'intention de la jeune femme. Veuillez pardonner mes insituations sur vos relations avec mon ami Curt.

C'était la première fois de sa vie qu'on la rangeait si vite, sans même la connaître, dans la catégorie des femmes faciles! Et avec quelle arrogance! Glaciale, elle se tourna vers son client:

— Il faut que je vous quitte. Appelez-moi à l'agence si vous souhaitez reprendre cette discussion.

Elle perdrait probablement un important contrat, sans compter ceux qui auraient suivi si ses services avaient satisfait Curt, mais elle n'allait pas rester là à se laisser insulter par un homme qui se prenait pour le maître de Londres! Ce qu'il était sans doute.

— Tu es content de toi ? s'exclama Curt en lançant à Raff un regard furibond. Vas-tu partir à présent ? Il en est plus que temps !

Raff Gallagher ne parut nullement vexé par l'attitude de Curt : ils devaient être excellents amis. Mais Bryna bouillonnait d'une trop violente colère pour s'interroger sur la nature de leurs rapports. Déjà, elle se levait pour quitter la salle.

— Je vous en prie, restez, Miss Fairchild.

Raff Gallagher repoussa sa chaise, soudain sérieux.

— Acceptez mes excuses pour vous avoir interrompus. Une partie de golf demain, Curt ?

— D'accord, répondit celui-ci sans enthousiasme. Mais tu partiras avec un handicap.

— Oui, comme d'habitude, répliqua son ami moqueur. Miss Fairchild...

Sur un signe de tête, il traversa la salle à grandes enjambées, pour rejoindre deux hommes qui l'attendaient à une table.

— De toute façon même avec un handicap, il gagne toujours, murmura Curt. Asseyez-vous, Bryna, je vous en prie.

Elle obtempéra avec lenteur, et tourna sa chaise de manière à ne plus voir Raff Gallagher.

— Nous sommes devenus amis dès la première semaine de collège, commença-t-il, pensif. Il m'avait provoqué au cours d'une partie de cricket. Dans les vestiaires, je lui ai cassé le nez d'un coup de crosse.

Bryna avait remarqué la petite bosse sur le nez d'aigle de Raff. Elle eut un petit rire en imaginant les deux galopins agrippés à leurs crosses comme à une bouée de sauvetage, terrorisés l'un et l'autre, et tous deux aussi déboussolés dans ce monde inconnu : ce n'est pas facile, à dix ans, de quitter sa maison, sa famille, pour entrer au collège !

— On dit que de rencontres étranges naissent souvent les amitiés fortes...

Curt sourit :

— Ce n'est pas la dispute qui a déclenché notre amitié ; mais Raff a raconté partout qu'il était tombé dans l'escalier pour expliquer le triste état de son nez. S'il avait dit la vérité, j'étais expulsé sur l'heure.

Une amitié basée sur la souffrance, la peur et le secret... Peut-être Raff Gallagher possédait-il en fait quelques qualités ?

Tout le temps que dura sa conversation (sérieuse cette fois) avec Curt, Bryna s'efforça de ne plus penser à l'homme qui était apparu si brutalement dans son univers ; mais elle sentait sa présence dans son dos, comme une sorte de chaleur.

Avant de quitter le restaurant, il s'arrêta de nouveau à leur table. Ses yeux gris plongèrent dans ceux de la jeune femme.

— Nous nous reverrons, Miss Fairchild, murmura-t-il en lui tendant la main.

— Laisse-moi donc une chance ! gémit Curt.

Son ami haussa les épaules.

— Tu ne crois pas que Bryna est assez grande pour choisir toute seule ? répliqua-t-il doucement.

Son regard revint sur elle, perçant, intense. Puis il se détourna et gagna la sortie.

— De toute façon, avec Raff, la lutte est toujours perdue d'avance, grommela Curt, résigné.

Lorsqu'elle revint à l'agence, une rose rouge l'attendait sur son bureau. Bryna eut beau chercher dans le papier de cellophane, elle n'y trouva aucune carte. Elle sut tout de suite que l'hommage ne venait pas de Curt : il aurait tenu à ce qu'elle sache d'où il venait.

Une demi-heure plus tard, deux autres roses arrivèrent ; trois autres une demi-heure après, puis trois autres encore, et encore, jusqu'à ce que la douzaine soit complète. A cinq heures, ce fut l'expéditeur en personne qui entra dans le bureau de la jeune femme. Lorsqu'il l'invita à dîner, elle accepta sans l'ombre d'une hésitation : tout ce qu'elle pensait de Raff Gallagher quelques heures plus tôt s'était dissipé comme une brume légère. Elle n'avait jamais rencontré d'homme comme lui jusqu'à présent. D'ailleurs, depuis ce jour-là, elle n'en avait pas rencontré d'autre, et lorsqu'il aurait disparu de sa vie, elle n'en retrouverait pas d'identique. Cela, elle le savait.

2.

Raff s'assit en face d'elle.

— Kate m'a dit que vous aviez déjeuné ensemble, aujourd'hui ?

Bryna leva vers lui ses grands yeux clairs. Comme à chaque fois qu'elle le regardait, son cœur fit un bond : la force qui émanait de lui continuait à la subjuguer, six mois après leur première rencontre.

— C'est vrai, confirma-t-elle, un peu froide.

Où voulait-il en venir ?

— On dirait que tu l'as contrariée.

Elles s'étaient effectivement séparées sur un léger malaise ; la jeune fille semblait reprocher la situation à Bryna. Mais était-ce sa faute si Raff ne l'aimait pas ?

Elle haussa les épaules.

— Elle comptait sur moi pour te convaincre de la laisser déménager à la rentrée prochaine.

Il ferma à demi les paupières ; ce sujet lui causait un évident déplaisir.

— Et que lui as-tu dit ?

— A ton avis?

Raff se détendit, allongea les jambes devant lui, en une posture plus confortable.

— Je crois que tu es d'accord avec moi. Cette Brenda ne me plaît pas. Ce n'est pas avec elle que je veux voir Kate habiter.

Et Kate ne vivrait pas avec Brenda : quand Raff désirait quelque chose, il l'obtenait à coup sûr. Elle était bien placée pour le savoir! Elle qui faisait toujours fuir les hommes les plus ardents, elle n'avait pas résisté à son charme plus de quelques jours; très vite après leur rencontre, elle était devenue sa maîtresse. Oh, cette première nuit... loin de se sentir incomplète, comme elle l'avait imaginé, elle avait éprouvé pour la première fois de sa vie l'impression d'être entière. Et toujours depuis, lorsqu'ils faisaient l'amour, elle retrouvait cette merveilleuse sensation.

— Tu as sûrement raison. Mais Kate est bien déterminée à prendre son indépendance. Elle a dix-huit ans...

— Je sais mieux que quiconque ce qui convient à mes enfants, lança-t-il sèchement.

Il se leva d'un bond :

— Nous devrions y aller. Pour l'instant, nous sommes encore raisonnablement en retard, mais si nous attendons plus, il sera inutile de nous déplacer.

« Restons donc ici! » eut-elle envie de proposer. Elle aspirait tant à se retrouver dans ses bras ce soir, proche de lui de la seule manière dont il permettait à une femme de l'être...

Elle ne se formalisait plus depuis longtemps de la façon dont il l'excluait de ses rapports avec Kate et Paul : il agissait ainsi depuis le début. Preuve de plus qu'elle ne faisait que passer dans son existence.

Pour ne pas attirer ses soupçons, elle ne lui demanda pas d'annuler la soirée. Sagement, elle enfila le manteau qu'il lui présentait.

— Curt ne nous en voudra sûrement pas d'être en retard, dit-elle en nouant autour de sa taille encore svelte la ceinture de cuir souple.

Mais pourquoi ne souriait-il pas ? Son sourire transformait complètement son visage, lui ôtait un peu de sa dureté, réchauffait l'éclat métallique de ses yeux. Non... Il fronçait même les sourcils :

— Depuis tant d'années, Curt s'est habitué à mon impolitesse, rétorqua-t-il. Je ne voudrais pas le décevoir !

Aux yeux de Bryna, les deux hommes formaient le couple d'amis le plus étrange qui soit ; leur amitié semblait indestructible. Pourtant, ils étaient en tout à l'opposé l'un de l'autre : à la rigidité et à la brusquerie de Raff, Curt répondait par la gentillesse. A ses manières bourrues, à son insolence, Curt opposait une grande sensibilité et beaucoup de délicatesse. Pourquoi donc, puisqu'aimer Raff s'avérait si douloureux, n'était-elle pas tombée amoureuse de Curt, le jour fatidique ? Elle n'y pouvait rien... et avait noué avec lui des liens de profonde amitié.

— Alors ? Qu'a dit le médecin ?

Le sourire de la jeune femme s'évanouit. Elle leva vers Raff un regard éteint.

— Le médecin ? répéta-t-elle.

Ses mains se mirent à trembler ; elle les enfonça dans les poches de son manteau. Quand ils sortirent de la maison, le vent glacial de décembre lui coupa le souffle, et elle courut se réfugier dans la Jaguar qui les attendait. Même après que Raff eut allumé le chauffage, elle continua à frissonner.

— Tu m'as dit hier soir que tu avais rendez-vous chez Stapelton, pour connaître le résultat de tes analyses ! lui rappela-t-il avec impatience. Tu y es allée, non ?

Elle pouvait voir, grâce aux lumières du tableau de bord, son front volontaire, sa mâchoire serrée.

— Oui, bien sûr.

Elle remonta son col. Le froid semblait avoir pénétré jusqu'à ses os.

Pourquoi fallait-il qu'il se soit aperçu du dérèglement de son corps? Vu l'intimité dans laquelle ils vivaient malgré tout, elle ne pouvait rien lui cacher... et le déplorait sincèrement. Elle lui avait expliqué que son cycle lui jouait souvent des tours, et qu'elle ne s'en inquiétait pas. Mais le mois suivant, c'était lui qui l'avait poussée à consulter son médecin.

— Un peu d'anémie, c'est tout, lui mentit-elle. Cela peut provoquer ce genre d'ennuis. Il m'a donné des vitamines.

Raff lui jeta un regard de biais:

— Tu es pâle, c'est vrai.

La cause de sa pâleur, ce n'était pas l'anémie, mais bien plutôt le choc d'avoir appris ce qui se passait en elle. Même son coup de téléphone avec ses parents ne lui avait pas rendu plus réelle l'idée de cet enfant. Au fond, elle doutait encore du diagnostic de Frank Stapelton. Pourtant, elle se sentait différente sur le plan émotionnel; plus sereine. En elle s'installait une paix intérieure qu'elle n'avait jamais connue auparavant. L'instinct maternel... Jusqu'alors, il s'agissait pour elle d'une simple expression. A présent, elle savait exactement ce que l'on éprouvait quand on aimait sans réserve et sans conditions un être dont on ne connaissait encore rien.

— Réchauffée? demanda soudain Raff, interrompant le cours de ses pensées. Tu me sembles bien distraite ce soir! ajouta-t-il tandis qu'elle le regardait d'un air stupide. Tu grelottais, tout à l'heure, je voulais savoir si tu te sentais mieux.

— Oui, ça va très bien, répondit-elle avec un sourire rêveur. Quelle soirée merveilleuse, tu ne trouves pas?

— Il a plu toute la journée et avec le froid qu'il fait ce soir, nous allons avoir du verglas! répliqua-t-il, ironique.

Elle rougit : la bulle dorée de ses rêveries avait éclaté, la laissant désorientée.

— Mais j'aime la pluie...

— Et le verglas ?

Oh, pourquoi attendre de Raff qu'il se comporte en amoureux romantique ? Elle savait bien que c'était peine perdue ! Jamais il ne se départait de sa maîtrise de lui-même ni de son cynisme. Pourtant... Quelle joie elle aurait éprouvée à se détendre parfois auprès de lui, à lui montrer combien elle l'aimait ! Mais elle le sentait muré dans un univers glacé, dénué de douceur, et elle n'arrivait pas à l'atteindre. Etait-ce l'enfant qu'elle portait qui éveillait en elle ce besoin de tendresse. Sûrement !

— Non, admit-elle, je n'ai aucune sympathie pour le verglas. Espérons en tout cas que ce mauvais temps nous apportera de la neige pour Noël !

— Tu ne pourrais pas monter chez tes parents pour les Fêtes...

— Non, c'est vrai.

— Tu serais la bienvenue auprès de nous, reprit-il, adouci. Si tes projets échouent...

S'il lui avait fait cette invitation quelques semaines auparavant, elle aurait été tentée de l'accepter. Mais il ne lui avait rien proposé et n'avait pas paru le moins du monde déçu à l'idée qu'ils ne passent pas ensemble la fin de l'année.

— C'est gentil... Cependant, je ne crois pas que ce soit souhaitable. Noël est une fête de famille, n'est-ce pas ?

Raff serra les dents.

— Il paraît, oui.

Heureusement, Curt n'habitait pas trop loin ! Bryna fut infiniment soulagée d'échapper à l'atmosphère pénible qui régnait dans la voiture depuis son refus. Pourquoi Raff s'était-il si brusquement fermé sur lui-même ? Son invitation ne débordait pas de chaleur ni de conviction, et si elle lui tenait vraiment à cœur, pourquoi arrivait-elle si tard? Il connaissait ses projets depuis des semaines déjà.

— Ah! voilà celle que je préfère! s'exclama Curt en venant les accueillir.

Il posa un baiser léger sur la joue de la jeune femme et la débarrassa de son manteau.

— Alors! J'ai cru que vous m'aviez fait faux bond! Et c'est encore de la faute de Raff!

— Bien entendu, répondit l'accusé, lointain.

— Tu savais que cette soirée n'était qu'un prétexte pour avoir le droit de tenir Bryna dans mes bras pendant quelques minutes! Bryna?...

— Avec joie, Curt. J'adore danser!

Et elle se laissa mener au salon, un sourire détendu aux lèvres. En elle, son cœur pesait bien lourd pourtant.

On avait vidé la pièce de ses meubles et de nombreux couples évoluaient, sensuels, au son d'une romantique chanson d'amour.

— Que vous êtes belle ce soir! déclara son cavalier, admiratif. Le mauve de cette robe fait ressortir à merveille la couleur de vos yeux.

En début de soirée, Raff aussi l'avait complimentée sur son allure; mais la remarque de Curt lui parut beaucoup plus spontanée et flatteuse. Allez savoir pourquoi! Peut-être ce soir cherchait-elle à dénigrer Raff et leur liaison? Elle constatait avec tristesse que cela ne présentait aucune difficulté, et qu'elle avait matière à critiquer.

Curt l'observait toujours:

— Il y a une sorte de... Vous dégagez un... Oh, tant pis, je n'y arriverai pas. Je vous trouve splendide, voilà. J'étais très déçu de voir que vous n'arriviez pas.

— Cette fois-ci, je suis seule coupable. J'ai rejoint Raff chez lui avec beaucoup de retard.

Le coup de téléphone à ses parents avait duré plus longtemps que prévu. Ravis, mais aussi inquiets qu'elle soit impatiente de les rejoindre, ils avaient voulu qu'elle les rassure sur son sort. Elle avait mis un temps fou à les convaincre qu'aucun drame n'obscurcissait sa vie.

Curt secoua la tête.

— Raff ne vous conseille jamais de travailler moins ?

— Si bien sûr ! Mais de même qu'il ne supporte pas que l'on s'immisce dans ses affaires, je ne tolère pas que l'on s'occupe des miennes.

Il se mit à rire.

— Je comprends qu'il vous trouve si fascinante : toutes les femmes qu'il a connues n'avaient rien de plus pressé que d'abandonner leurs occupations pour se soumettre aux désirs de Monsieur.

— Parfois, je me demande si vous vous aimez ou vous vous haïssez, tous les deux ! le taquina-t-elle, espiègle.

— On s'adore, bien sûr ! Remarquez, si les regards pouvaient tuer, je serais raide mort à l'heure qu'il est ! grommela-t-il après un rapide coup d'œil en direction de Raff. A moins que sa colère ne soit dirigée contre vous ? Peut-être n'a-t-il pas apprécié votre retard de ce soir ?

Non, il n'avait pas paru affecté lorsqu'elle avait sonné chez lui. Songeait-il encore à cette histoire de Noël ? Debout près du buffet, il tenait à la main un verre plein auquel il ne touchait pas. Rosemary Chater à côté de lui, s'efforçait d'attirer son attention sur son opulente beauté de rousse. Mais, vu le peu de cas qu'il faisait de ses charmes, elle aurait aussi bien pu laisser dans son placard cette robe au décolleté vertigineux, et garder pour d'autres l'expression trop provocante de son beau visage. Raff ne quittait pas Bryna et Curt des yeux, tandis qu'ils passaient et repassaient devant lui.

La jeune femme sourit à son cavalier.

— Je ne crois pas que ce soit à vous qu'il en veuille, Curt.

— J'espère bien ! Je ne vois pas ce que je lui aurais fait de mal ! Bon, c'est vrai, je l'ai battu au golf aujourd'hui ; mais ce n'est pas une raison !

— Non ! s'exclama Bryna, au comble de la surprise.

Depuis qu'elle les connaissait, Curt essuyait défaite sur défaite, malgré l'énergie qu'il déployait pour gagner.

— Si, absolument ! répondit-il triomphant. Certes, il semblait être ailleurs, admit-il à contrecœur. Mais on pourrait aussi bien dire que jusqu'alors je perdais à cause de mes soucis, non ?

— Raff n'a aucun problème professionnel, intervint Bryna en fronçant les sourcils.

Depuis quelques mois, il était secondé par un assistant très valable, et même si Bryna n'aimait pas beaucoup Stuart Hillier, qu'elle trouvait un peu envahissant, elle devait admettre qu'il accomplissait parfaitement son travail ; il avait guéri son directeur d'un surmenage chronique et, grâce à lui, Raff menait un rythme de vie beaucoup plus harmonieux.

Curt haussa les épaules.

— Comment pourrais-je le savoir ? Il ne me parle jamais de ses affaires. Quoi qu'il en soit, il ne va pas bien, c'est évident.

Bryna, elle, pressentait les raisons de son malaise : malgré leur parti pris de sincérité, il ne savait comment lui annoncer sa décision de rompre. Sans doute l'aimait-il bien, à sa façon, et l'idée de la blesser lui répugnait-il ? Avait-il deviné une partie de l'amour intense qu'elle lui portait ? Il faudrait bien qu'elle se décide : le quitterait-elle la tête haute, sa fierté intacte, ou attendrait-elle encore un peu qu'il la congédie ?

— Bryna ? Allons, que se passe-t-il ?

Curt l'observait avec inquiétude. La jeune femme chassa ses idées noires d'un mouvement de la tête, et sourit pour rassurer son compagnon :

— Si nous allions rejoindre Raff avant que la robe de Rosemary ne lui glisse tout à fait des épaules ? suggéra-t-elle lorsque la musique se fut arrêtée.

— La pauvre ! Elle qui s'était inscrite en premier sur la

liste des prétendantes du beau ténébreux! Vous lui avez coupé l'herbe sous le pied!

Tel un vautour, cette femme tournait maintenant autour de Raff. Pour la première fois Bryna se prit à haïr le monde cruel et égoïste auquel appartenait son amant. Si son expérience de mannequin l'avait beaucoup endurcie, en lui faisant perdre ses illusions sur la nature humaine, elle restait très sensible à la méchanceté d'autrui. Spécialement ce soir.

Depuis le début de leur liaison, chaque femme qu'elle côtoyait lui parlait tôt ou tard de son désir pour Raff. Seul le désintérêt total de son amant pour ces harpies l'avait rassurée sur sa fidélité.

Jusqu'à maintenant. Car il ne semblait plus du tout ennuyé par l'attitude de Rosemary Chater. Dès qu'il vit Curt et Bryna s'approcher, il prit la belle rousse par le bras et l'entraîna vers la piste. La façon dont elle colla son corps parfait contre le sien parut le ravir.

— Elle va semer la zizanie, si vous la laissez faire! observa calmement Curt.

Comme elle, il ne quittait pas le couple des yeux.

— Qu'y puis-je?

Il eut l'air choqué.

— Cela vous est donc égal?

Egal? Elle détestait cette femme, elle détestait la manière dont elle se lovait contre son amant pour le séduire. Mais puisque Raff semblait consentant, elle n'avait pas à intervenir. Elle n'allait pas se ridiculiser à faire une scène pour une danse! D'ailleurs, ce serait pour Raff la meilleure occasion de s'éloigner d'elle: il détestait les disputes. Il lui avait raconté un jour comment sa femme s'en était permis quelques-unes qui avaient motivé leur rupture. A partir de ce moment-là, ils avaient vécu chacun leur vie, même s'ils étaient restés ensemble pour leurs enfants.

— Non, cela ne m'est pas égal, avoua-t-elle. Mais

allons de l'autre côté, goûter au buffet superbe que vous nous avez préparé.

Presque dix heures, déjà ! Elle n'avait rien avalé depuis le déjeuner. Il ne fallait pas oublier qu'elle n'était plus seule à nourrir, et qu'une autre vie se développait en elle.

— Dites-moi, Bryna, ça va toujours entre Raff et vous ? s'enquit soudain Curt, inquiet de la voir grignoter sans appétit un sandwich minuscule.

Les yeux de la jeune femme se mirent à briller d'un éclat étrange.

— « La reine est morte, vive la reine ! » murmura-t-elle, en fixant sa rivale toujours langoureusement accrochée à Raff.

Le sourire enfantin de Curt s'évanouit ; il eut soudain l'air plus âgé.

— En êtes-vous sûre ?

Bryna serra fortement les lèvres. Les larmes menaçaient de couler. Et comme son cœur lui faisait mal !

— L'avez-vous déjà vu me traiter ainsi ? dit-elle, amère, en le désignant du menton.

La manière dont il avait enlacé sa cavalière lui donnait la nausée.

— Ciel ! murmura Curt en suivant son regard. Mais je vais aller lui casser la figure à ce...

Elle posa la main sur son bras pour l'arrêter :

— Laissez, Curt, voulez-vous plutôt appeler un taxi et m'apporter mon manteau ?

— Je vous raccompagne.

— Non, Curt, vous ne pouvez pas quitter ainsi votre soirée ; un hôte se doit à ses invités.

— La moitié d'entre eux ne s'apercevra même pas de mon départ.

— Vous êtes très gentil, mais je préfère rentrer seule. Vraiment.

D'un regard implorant, elle coupa court à son instance.

Dans le hall, pendant qu'il cherchait son vestiaire, elle

garda obstinément le dos tourné au salon. La vue de Raff et Rosemary lui faisait trop mal. Son amant venait de lui infliger l'affront qu'ils s'étaient promis de ne jamais se faire : il l'humiliait publiquement en s'affichant avec une autre. Elle ressentait cela comme une véritable trahison.

Curt l'aida à passer son manteau, puis posa les mains sur ses épaules en un geste réconfortant.

— S'il vous fallait deux bras solides pour venir y pleurer... commença-t-il.

— Je sais que je peux compter sur vous, merci Curt. Mais...

— Peut-on savoir où tu vas ainsi ? tonna derrière elle une voix qu'elle connaissait bien.

Elle se retourna d'un bloc pour affronter le regard furibond de Raff.

— Je partais.

Les yeux gris se posèrent sur Curt.

— Toi aussi ? lança-t-il froidement.

Curt ne se démonta pas.

— Je voulais la raccompagner mais elle a refusé.

— Est-ce moi que tu fuis, Bryna ?

— Je...

— Mais, bon Dieu, que voulais-tu qu'elle fasse ? explosa Curt. Qu'elle vienne te taper sur l'épaule pendant que tu courtisais ouvertement Rosemary Chater, pour te dire qu'elle s'en allait ?

— Je ne courtisais personne, fiche-moi la paix, répliqua-t-il en serrant les poings.

— En tout cas, tu te donnais bien du mal pour le faire croire !

Les deux hommes s'affrontaient du regard, aussi furieux l'un que l'autre. Bryna, désolée de voir les deux amis se disputer à cause d'elle, ne savait plus où se mettre :

— Il vaut mieux que je parte, balbutia-t-elle enfin.

— Je viens avec toi, lança Raff autoritaire.

— C'est inutile. Et puis tu gâcherais ta soirée, ce serait trop bête. Tu as toute la nuit devant toi!

Il la prit fermement par le bras.

— J'ai dit que je venais avec toi.

— Peut-être n'en a-t-elle pas envie ? suggéra Curt sans aménité.

— Elle est venue avec moi, c'est avec moi qu'elle repart.

Bryna fronça les sourcils: pourquoi agissait-il ainsi? Ne comprenait-il pas qu'il détenait là l'occasion rêvée de rompre avec elle? Pourquoi repousser à plus tard la corvée de la séparation? Cependant, elle voyait à son expression que rien ne le ferait changer d'avis. Quoi qu'elle dise, il s'en irait avec elle. Elle connaissait trop bien son côté inflexible pour en douter une seule seconde.

— Merci, Curt, dit-elle en lui serrant gentiment le bras pour le rassurer. Raff va me ramener à la maison.

— Quant à moi, je te téléphonerai demain, lui promit Raff.

— Débrouille-toi pour être de bonne humeur, sinon, je te raccroche au nez.

Dans la Jaguar, ils gardèrent le silence. Bryna avait le cœur si lourd que respirer lui faisait mal. Chaque fois qu'elle tournait les yeux vers Raff, elle trouvait son visage un peu plus fermé.

Toujours sans un mot, il la reconduisit à son appartement. Une fois la porte ouverte, elle se tourna vers lui.

— Tu ne vois pas d'inconvénient à ce que nous nous séparions ici, je pense?

— Bien sûr que si, rétorqua-t-il doucement.

Il entra le premier et referma la porte derrière elle. Sa présence la rendait nerveuse, comme s'il s'agissait de leur premier rendez-vous. Elle tremblait quand elle se tourna vers lui.

— Rosemary doit t'attendre...

— Personne ne m'attend. C'est toi que je veux, Bryna. Toi seule.

Elle ouvrit de grands yeux incrédules.

— Pourquoi me mens-tu?

— C'est toi dont j'ai besoin, ta passion, ta sensualité, ta fraîcheur...

Il approcha son visage du sien.

— Pourtant... Tout à l'heure...

— Je me suis laissé aller à ma colère, avoua-t-il. C'est passé à présent. Je ne veux plus que sentir ton corps accueillir le mien, ta chaleur se mêler à la mienne...

Ils ne faisaient jamais deux fois l'amour de la même manière ; parfois violente, parfois d'une douceur infinie, ou encore si lente qu'ils en perdaient la tête. A son regard, elle comprit que ce soir, Raff voulait l'emporter loin, très loin de tout. Mais pourrait-elle répondre à son ardeur, après ce qu'elle venait d'endurer par sa faute ? Et puis elle sut qu'encore aujourd'hui, elle s'abandonnerait dans ses bras. Pour la dernière fois, car c'était ainsi qu'ils se diraient adieu. Contre lui, elle oublierait un peu la douleur qu'il lui avait causée, puis ils s'endormiraient ensemble. Et demain, elle lui dirait qu'elle le quittait.

Elle noua les bras autour de son cou, nicha son visage dans le creux de son épaule ; aussitôt son corps se détendit. S'offrir ainsi à lui c'était comme s'exposer aux vagues de la marée montante : elle serait renversée, emportée, malmenée jusqu'à ce que plus rien n'existe pour elle que son corps et celui de son amant.

Raff perdait si rarement le contrôle de lui-même qu'elle resta stupéfaite de le voir si fébrile. Ils se trouvaient toujours dans le hall quand il commença à la déshabiller, avec des gestes impatients. Puis il arracha ses propres vêtements, comme s'ils le brûlaient. Ses mains possessives vinrent s'arrondir sur les seins de la jeune femme qui gémit. Elle sentit alors que ce soir, elle se comporterait différemment, elle aussi. Savoir qu'ils allaient s'aimer pour la dernière fois décuplait son désir, même si un sourd désespoir venait s'y mêler.

Raff avait un corps magnifique, puissant et délié, qu'elle ne se lassait pas d'admirer. Là encore, elle suivit des yeux le jeu des ombres sur ses muscles, caressa du regard la douceur de sa peau. Son cœur se serra à l'idée de perdre tout cela. Elle plongea les deux mains dans la chevelure de son amant, attirant son visage contre le sien ; leur baiser fut sauvage, d'une violence à peine maîtrisée, et Bryna se sentit vaciller. Quand ses jambes fléchirent sous elle, il la prit dans ses bras et l'allongea sur le sol.

Les instants qui suivirent furent pour elle une délicieuse torture, d'un érotisme plus intense que tout ce qu'elle avait connu jusqu'alors. De ses mains, de sa bouche, Raff éveillait son corps comme jamais, l'emmenant à chaque caresse plus près de l'abîme sensuel qui l'attendait, en ramenant à chaque fois qu'elle allait s'y perdre. Lorsqu'il sentit que son corps trop tendu frissonnait, il prit enfin possession d'elle. Elle crut alors que tout en elle explosait et, un bref instant, perdit conscience. Tout tournait encore autour d'elle quand Raff la porta sur son lit. Elle retrouvait à peine ses esprits qu'il recommençait la danse magique de ses mains sur son corps.

Il essayait de la rendre folle ; telle fut sa conclusion quelques minutes plus tard, alors que, inondée de sueur, tremblante, elle ouvrait les yeux pour le regarder. Il se tenait au-dessus d'elle, déterminé :

— C'est toi que je désire, dit-il d'une voix rauque. Me crois-tu maintenant ?

— Oui, répondit-elle dans un sanglot. Oh, je t'en prie…

Le désir, le plaisir, lui coupaient le souffle. Quand elle sentit sa présence en elle, elle se dit pour la centième fois que leurs corps étaient faits l'un pour l'autre. Comment expliquer autrement l'incroyable harmonie qui naissait de leur fusion?

Puis elle ne pensa plus à rien; elle se cambra contre Raff, se plia à son rythme et, ensemble cette fois, ils connurent l'extase. Bryna aurait juré que personne au monde, jamais, n'avait autant partagé qu'eux en cette seconde.

Raff se trouvait déjà dans la salle de bains quand elle se réveilla, le lendemain matin; elle entendait le crépitement de la douche. Un coup d'œil à sa montre lui fit pousser un petit cri: neuf heures et demie! Puis elle se laissa retomber sur l'oreiller avec un soupir de soulagement: on était samedi, et son avion ne partait qu'en fin de matinée.

Son corps alangui lui rappela l'intensité de leurs étreintes et le sommeil merveilleux qui leur avait succédé. Et cette dernière nuit, ils avaient vécu les instants les plus intimes de toute leur liaison; jamais elle n'aurait cru que pareille osmose était possible. Et il fallait se séparer de lui... mais avait-elle une autre solution?

Raff entra dans la chambre avec un grand sourire. Il venait de se raser, et ses cheveux noirs semblaient encore humides. Il ne portait que le pantalon noir de son costume, et Bryna admira son torse d'athlète, que le bronzage doré rendait plus beau encore.

Il s'assit au bord du lit, lui caressa les cheveux.

— Je pensais que tu allais dormir toute la journée.

Comme elle aurait voulu poser son visage dans cette main, y presser sa bouche, et lui dire combien elle l'aimait... Elle lui parlerait de l'enfant qu'elle portait, leur enfant. Au lieu de cela, elle se détourna:

— Je passe le reste du week-end chez mes parents, en Ecosse.

Les traits de Raff s'assombrirent; ses yeux retrouvèrent leur éclat métallique. Elle baissa la tête.

— Il est temps d'accepter enfin que notre aventure est terminée, ajouta-t-elle.

Il retira brusquement sa main. Sa respiration se fit plus rapide, comme si un poids oppressait sa poitrine.

— Que veux-tu dire ?

Bryna soupira. Elle devait lutter pour ne pas fondre en larmes.

— Nous le savons tous deux depuis des semaines, Raff. Pourquoi continuer à faire semblant ?

— Quand as-tu décidé cela ? demanda-t-il en se levant lourdement.

Elle haussa les épaules, s'assit.

— Je sens depuis quelque temps que...

— Décidé d'aller chez tes parents, interrompit-il brutalement.

— Je leur ai téléphoné hier après-midi

— Ainsi, tu savais déjà, hier soir ?

— Oui mais...

— Alors que signifie la nuit que nous venons de vivre ? tonna-t-il.

— C'était... Une sorte d'adieu.

— Un adieu ?

La colère, sur ses traits, impressionna Bryna. Elle commença même à avoir peur, quand il la souleva par le bras pour que leurs visages se retrouvent au même niveau.

— Regarde-moi. Dis-moi en face que tu ne veux plus de moi.

Au nom de son orgueil, il fallait qu'elle y parvienne. Pour son enfant, elle devait s'éloigner de Raff la tête haute ; ce serait pour elle la pire des hontes que de passer pour un caprice de M. Gallagher, d'être de ces femmes que l'on prend et que l'on rejette quand on en est lassé. Pour l'instant, ils se trouvaient encore sur un pied d'égalité, dans leurs relations. Cela ne durerait plus.

Déterminée, elle affronta son regard :

— Je ne veux plus de toi, déclara-t-elle d'une voix trop ferme pour être sincère.

Il ne s'aperçut de rien, tant la colère l'aveuglait.

— Va au diable ! répéta-t-il sur le seuil.

La porte claqua. Bryna se retrouva seule.

Un premier sanglot monta dans sa gorge. Puis, brisée, elle enfouit son visage dans l'oreiller, et se laissa submerger par les vagues de sa douleur.

3.

— Es-tu vraiment sûre, ma chérie ? balbutia sa mère à travers les larmes de bonheur qui coulaient sur ses joues. Les médecins avaient pourtant dit que...

— Le mien est formel : je suis enceinte de neuf semaines, répondit-elle avec un sourire heureux.

La réaction de ses parents à la nouvelle ne l'avait pas déçue : ils étaient fous de joie.

— C'est vraiment incroyable.

Au comble de l'émotion lui aussi, son père la serra fort contre lui. C'était un homme grand et mince, tout en muscles, dont les cheveux blonds commençaient à tirer sur le gris. Dans ses yeux bleus brillaient des larmes.

— Oui, je sais. Moi-même, j'ai mis du temps à m'y faire ! Ce matin encore, avant de partir, j'ai appelé le docteur pour une ultime confirmation. Mon incrédulité l'a fait rire... Bien sûr, il connaît mon passé médical et, selon lui, le diagnostic des chirurgiens qui m'ont opérée ne devait pas être catégorique. J'avais peu de chances, mais j'en avais.

Mme Fairchild fronça les sourcils.

— Ils nous avaient pourtant paru très convaincus... Selon eux, sauf miracle, tu ne pouvais pas devenir mère.

— Eh bien, à moins qu'ils ne se soient trompés, le miracle a eu lieu ! Les tests que j'ai faits sont positifs... et infaillibles. Je peux déjà chercher des prénoms et tricoter la layette !

Sa mère pleurait tout à fait maintenant. Petite et brune, elle avait un visage rond, un peu enfantin, que son mari qualifiait depuis trente ans d'« adorable ».

Arrivée depuis un quart d'heure seulement, Bryna n'avait pas réussi à leur cacher la nouvelle plus longtemps. Dans l'avion, elle avait soigneusement préparé son scénario et pensé à toutes les manières dont elle pourrait leur dire qu'ils seraient bientôt grands-parents. Et puis à peine se retrouvait-elle dans leurs bras qu'elle leur apprenait sa grossesse sans le moindre détour !

Elle venait régulièrement voir ses parents, dans la grande maison de son enfance. M. Fairchild avait fondé une école de ski qu'il gérait lui-même, dans cette belle partie du nord-est de l'Ecosse.

— Assez de larmes ! ordonna-t-elle soudain, le regard brillant. Dînons plutôt, avant que cela ne refroidisse !

— Nous allons fêter cela ! décida son père. Je vais chercher ma meilleure bouteille de vin. Mais... As-tu seulement le droit d'en boire ?

— Un petit verre de temps en temps, oui. C'est l'occasion rêvée !

Ils n'avaient pas encore fini les hors-d'œuvre que son père évoquait déjà les écoles que fréquenterait son petit-enfant ! Bryna souriait, indulgente. Elle n'allait pas lui gâcher l'intensité de son plaisir !

— Voyons, James ! l'admonesta sa femme, de quoi te mêles-tu ? C'est à Bryna et M. Gallagher de décider tout cela !

Une ombre passa dans les yeux de la jeune femme.

— Raff et moi ne sommes plus ensemble, annonça-t-elle d'un ton égal.

Dès la première semaine de leur liaison, elle avait parlé à ses parents du rôle que jouait cet homme dans sa vie. Elle ne leur cachait jamais rien ; sans doute parce qu'elle savait combien ils la respectaient, elle comme les décisions qu'elle prenait. Depuis son enfance, elle possédait leur entière confiance ; un bien inestimable.

Son père fronça les sourcils.

— Ne crois pas que je veuille te sermonner ; je ne suis pas vieux jeu au point de te conseiller le mariage, mais... sans doute s'intéresse-t-il à l'enfant qu'il a conçu ?

— C'est mon bébé, papa.

— Tu ne lui as pas dit, n'est-ce pas ? demanda-t-il, un léger reproche dans la voix. Cela ne te semble pas un peu égoïste, ma petite ?

Elle rougit.

— Il a déjà deux enfants, pourquoi lui faudrait-il le mien ?

— Parce que...

— Ecoute, James, ce n'est pas le moment de se disputer ! interrompit Mary Fairchild déterminée. Bryna sait certainement ce qu'elle fait.

— Mais Mary...

— James !

Un bref instant, ses yeux brillèrent d'un éclat dangereux. Menue, peut-être, mais quelle autorité ! Et son mari n'était pas le dernier à la redouter. Bryna ne put retenir un sourire, à voir comment cet homme, deux fois plus grand que sa femme, se pliait à sa volonté.

Elle ne voulait pas être à l'origine d'une querelle entre eux, mais vraiment, elle ne pouvait pas parler de Raff ce week-end. Depuis son départ de Londres, elle ne s'autorisait pas une seule pensée le concernant ; jusqu'à présent, cette technique lui réussissait assez bien. Il fallait à tout prix continuer.

La soirée fut un vrai plaisir. A eux trois, ils firent des projets, rirent des noms les plus étranges qu'ils puissent trouver. S'il s'agissait d'un garçon, elle savait déjà comment l'appeler : ce serait Rafferty James, prénoms de son grand-père et de son père. Pour une fille, par contre... Peut-être parce qu'elle savait déjà que l'enfant à venir serait un fils ?

Une fois seule dans sa chambre de jeune fille, dans le lit étroit de son adolescence, elle ne parvint plus à chasser de son esprit l'image de Raff. Les larmes, trop longtemps retenues, jaillirent de ses yeux en un flot intarissable. Le poids de sa solitude la broyait, et elle ne voyait plus devant elle que la tristesse d'une vie sans son amant. Où était-il en cet instant ? Dans les bras de Rosemary, ou d'une autre semblable à elle, en train de l'oublier ? D'effacer de ses souvenirs la femme qui avait osé mettre fin à leur liaison ?

Seule la pensée de son enfant put la ramener au calme, et ce fut le cœur gonflé d'amour pour ce petit être encore invisible qu'elle parvint à s'endormir.

Elle ne se sentait vraiment chez elle qu'en Ecosse ; elle le comprit le lendemain matin, en marchant aux côtés de son père sur les chemins enneigés. Tout en rejoignant la station, ils croisèrent bon nombre de moniteurs qui travaillaient depuis des années avec James Fairchild, et elle revit leurs visages avec un infini plaisir.

Son père l'avait initiée au ski dès son plus jeune âge, et elle était impatiente d'arriver aux pistes. Mais cette fois, elle y resterait spectatrice : elle n'allait pas risquer une chute, avec le précieux fardeau qui vivait en elle !

A observer les skieurs, elle retrouva presque certaines sensations que lui procurait ce sport merveilleux. Ah, le bruit de la neige fraîche sous les spatules, le vent dans les cheveux ! Et cette merveilleuse impression de voler au ras de la terre! Il n'y avait que dans les bras de Raff qu'elle éprouvait autant de liberté.

— J'espère que tu ne songes pas à les rejoindre! fit soudain une voix basse, derrière elle.

Une voix bien familière... Elle se retourna si brusquement qu'elle eut un éblouissement; le sol se mit à tanguer sous ses pieds, et c'est dans un brouillard qu'elle aperçut Raff. Puis tout devint noir.

Lorsqu'elle revint à elle, elle se trouvait sur le divan du bureau de son père. Un homme se tenait debout devant la fenêtre, fixant la montagne. Alors, elle se souvint; la douleur déferla sur elle.

Raff était habillé de façon plus décontractée que d'habitude: un gros pull blanc sur un pantalon de velours gris. Bryna aurait reconnu entre mille cette chevelure épaisse et sombre, ces épaules larges, et cette manière de se tenir solidement campé sur ses deux jambes, qui lui donnait l'air d'être inébranlable. Raff... Elle ne rêvait pas, c'était bien lui.

Elle se redressa lentement, s'assit. Au bruit qu'elle fit, il se retourna et l'observa d'un œil glacial.

— Où est mon père? s'enquit-elle.

— Il t'a laissée à mes bons soins quand il a vu qu'il s'agissait d'un simple évanouissement. Il ne s'inquiète pas facilement, on dirait!

Il avait surtout jugé le moment propice à une réconciliation et préféré les laisser seuls. S'il s'attendait à ce que sa fille annonce la nouvelle à son amant, il se trompait lourdement!

— Vous vous êtes présentés?

— C'est la moindre des politesses, quand on porte dans ses bras la fille inconsciente de l'autre.

— Raff... Que fais-tu ici?

La tête lui tournait toujours, et elle s'adossa contre le divan.

— Je ne peux pas accepter que notre histoire soit finie.

Blessure d'orgueil ? Refus que l'on sache qu'une femme l'avait quitté ? Comptait-il rompre lui-même un peu plus tard ? Elle se méfiait. Et la douceur de sa voix ne semblait pas sincère ; l'expression de son regard la contredisait. La jeune femme fronça les sourcils : il lui tendait un piège.

— Je t'ai dit que je ne voulais plus de toi, murmura-t-elle, le cœur serré d'avoir à répéter ce douloureux mensonge.

— Peut-être. Mais l'enfant, lui, a besoin de moi.

Elle pâlit.

— De quoi parles-tu ? Quel enfant ?

Fébrile, elle se leva et s'avança vers lui. Il l'arrêta d'un regard autoritaire.

— Celui que tu portes. Le mien.

Elle eut un rire forcé.

— Tu as une imagination débordante !

— J'ai appelé ton médecin. Il a confirmé mes doutes.

— Je ne te crois pas. Il n'aurait pas violé le secret médical ! En aucun cas.

— Il ne m'aurait rien dit s'il avait compris que tu me cachais ta grossesse. Mais j'ai bluffé. J'ai joué le papa inquiet et l'époux attentif, je lui ai demandé si tout se passait bien, tant pour toi que pour le bébé. Il m'a rassuré avec beaucoup de gentillesse, et m'a même souhaité une heureuse paternité. Je n'en voulais pas tant !

Bryna se laissa tomber dans un fauteuil.

— Mais pourquoi l'as-tu appelé ? D'où t'est venue l'idée de lui poser cette question ?

— Tu sembles oublier que j'ai vécu ces moments-là ; deux fois exactement. J'ai reconnu les signes.

— Et quels signes, s'il te plaît ?

Il haussa les épaules.

— Ton besoin de dormir, ton appétit, ton aversion subite pour certaines odeurs... Et puis aussi la lumière de ton regard, le fait que...

— Pourquoi ne pas m'avoir demandé, à moi?

— Je l'ai fait, Bryna, souviens-toi. Tu sais quelle réponse j'ai eue! Et j'ai attendu que tu m'en parles. Au lieu de cela tu es partie.

— Je ne vois pas en quoi cette grossesse peut t'intéresser.

— J'ai mes raisons.

— Comment sais-tu que l'enfant est de toi? lança-t-elle sur un ton de défi.

Une ombre de sourire passa sur le visage de Raff.

— Je le sais, Bryna, tout simplement, répondit-il d'une voix posée.

Elle se sentit perdue, soudain, ne maîtrisant plus rien de la situation. Elle avait échappé à son amant pour éviter de trop souffrir, pour éviter de revivre l'humiliation de la veille, et voilà qu'il venait la traquer jusqu'ici, afin de reprendre en main le cours des événements... La colère naissait en elle.

— Bon, et que vas-tu faire maintenant? interrogea-t-elle, agressive.

— Et toi?

— Moi?

Elle le regarda avec étonnement; quand elle comprit le sens de sa question, ses yeux s'assombrirent.

— Comment oses-tu penser que je pourrais me débarrasser de mon bébé! gronda-t-elle.

A cet instant, son père passa la tête par l'entrebâillement de la porte.

— Tu vas mieux, ma chérie?

Elle parvint à lui sourire.

— Oui, oui, ne t'inquiète pas.

— Un peu de surmenage, renchérit Raff, candide.

Le regard intense que le père posa alors sur sa fille ne lui échappa pas. Il quitta la fenêtre à laquelle il était resté adossé.

— Je vais l'emmener prendre l'air, ajouta-t-il. Cela lui fera du bien. La vie à Londres n'a rien de sain.

— C'est une bonne idée.

Bryna ne put refuser. Mais son cœur battait à grands coups dans sa poitrine tandis que Raff l'aidait à enfiler son anorak. Mains dans les poches, elle attendit qu'il prenne sa veste de cuir, posée sur le dossier d'un fauteuil.

— Je vous la ramène pour le déjeuner, déclara-t-il à l'adresse de M. Fairchild, toujours immobile sur le seuil. J'espère qu'elle aura retrouvé ses belles couleurs!

Ils marchèrent un long moment sans rien se dire, attentifs seulement à l'endroit où ils posaient les pieds. De lourds nuages gris annonçaient une nouvelle chute de neige. Un grand silence enveloppait la montagne.

— Ils sont au courant, n'est-ce pas? s'enquit soudain Raff.

Elle lui lança un bref coup d'œil.

— Oui, ils savent. Je les ai prévenus hier en arrivant. C'était d'ailleurs le but de ma visite.

— Pourtant, ils m'ont accueilli avec politesse. Chaleur même. On dirait qu'ils ne m'en veulent pas le moins du monde; est-ce de l'hypocrisie?

— Pourquoi donc?

— Moi, j'étranglerais celui qui aurait fait un enfant à ma fille sans l'avoir épousée.

— Mes parents sont moins vieux jeu, Raff. Et ils m'adorent. Ils estiment que je suis assez grande pour mener ma barque comme je l'entends.

— Sans doute sont-ils plus sages que moi... Mais tu ne m'as toujours pas dit comment tu envisageais l'avenir. D'accord, tu gardes cet enfant. Et après?

Elle s'arrêta net, et se tourna vers lui.

— Ecoute, Raff, pourquoi devrais-je te dire quoi que ce soit? Je ne plaisantais pas, hier. Il est inutile de jouer la comédie: tout est fini, tu le sais bien.

Il la prit par les épaules et planta son regard dans le sien.

— Notre enfant n'est pas d'accord, Bryna.

— Raff, tu en as déjà deux. Que ferais-tu d'un troisième.

— La belle logique! Tu le désires, toi, ce bébé? demanda-t-il en la secouant sans douceur.

— Evidemment! cria-t-elle, les larmes aux yeux.

— Alors conçois que je puisse moi aussi en avoir envie!

Elle se libéra violemment de son emprise.

— Mais pourquoi? Tu peux avoir des enfants avec n'importe qui! Et moi...

— Oui?

— Cet enfant est à moi.

— A nous, l'interrompit-il. Ce sera une sœur ou un frère pour Kate et Paul.

Jamais elle n'avait envisagé les choses sous cet angle. Mais c'était ridicule! Tous deux avaient l'âge de procréer eux-mêmes! Et comment Raff, à quarante ans, pouvait-il désirer tout reprendre à zéro? Soit il mentait, soit il se faisait des idées!

— Cela ne change rien. De toute façon, s'ils veulent voir le bébé, je ne les empêcherai pas.

— Et moi, dans l'histoire, à quoi aurai-je droit? A voir mon enfant une fois par mois, deux semaines en été, et un Noël sur deux si j'ai de la chance?

Sa moue dégoûtée montrait assez ce qu'il pensait de ce genre de solutions.

— Nos avocats s'arrangeront.

— Ecoutez-la! « Nos avocats s'arrangeront »! Mais tu rêves, ma pauvre Bryna! Quoi que tu aies derrière la tête, de toute façon, tu vas m'épouser!

Raff savait se montrer arrogant, dominateur, parfois même tout à fait irraisonnable, mais jamais auparavant elle ne l'avait vu à ce point hors de lui. D'habitude, sa colère était froide, maîtrisée. Là, il hurlait comme un fou.

La jeune femme recula, surprise et inquiète.

— Tu veux vraiment recommencer les mêmes erreurs? demanda-t-elle doucement. Tu es tenté par un nouveau mariage de convenance, que seul motive la naissance d'un enfant?

Elle savait par lui comment, à dix-huit ans, il avait été contraint d'épouser Josey, enceinte de Paul. Très amoureux, ils avaient pris des risques qu'ils avaient payé d'un mariage d'adolescents. Cela aurait pu réussir... pour une raison ou une autre, ils avaient échoué.

Raff fit la grimace.

— Bah, telle doit être ma destinée. Mais à mon avis, on ne peut pas comparer. J'ai trente-neuf ans; et tu n'es plus une enfant.

Elle secoua la tête.

— Raff, je ne veux pas devenir ta femme.

— Parce que tu ne me désires plus?

Ses yeux s'étaient réduits à deux fentes étroites.

Elle lui tint tête.

— C'est cela.

Un muscle se contracta dans le cou de son amant.

— Alors c'est très simple: je ne te toucherai plus.

Très simple? Comme il renonçait facilement. Mais elle trouvait là confirmation à ses soupçons: depuis quelques semaines déjà, elle sentait qu'il se lassait d'elle. Elle s'y attendait d'ailleurs, connaissant la rapidité avec laquelle il changeait de maîtresses, avant elle. Il avait sans cesse besoin de nouveauté. Mais pour son enfant, il allait se battre, la forcer à l'épouser, par n'importe quel moyen... Pourrait-elle lui résister?

— Je ne peux pas te répondre maintenant, Raff, reprit-elle d'une voix tremblante. Il faut que je réfléchisse.

Il eut un regard éloquent à son ventre encore plat:

— Nous n'avons pas beaucoup de temps, Bryna.

— Quelle différence quelques jours feront-ils? rétorqua-t-elle vivement.

— Très bien, je t'accorde trois jours.

Il lui « accordait »! Quel grand seigneur! Et puis il prendrait la décision à sa place; c'est en tout cas ce que semblait signifier son expression résolue.

Bryna savait mieux que quiconque comment Raff, par la seule grâce de son charme, pouvait imposer sa volonté. Charme dont il usa et abusa au cours du déjeuner qu'ils partagèrent avec M. et Mme Fairchild. Il leur parla avec humour de leur vie à Londres, et répondit aux questions qu'on lui posa sur Paul et Kate. Les parents de Bryna parurent très surpris de le voir si attentif et prévenant vis-à-vis de leur fille. Il se comportait vraiment en homme amoureux; de toute évidence, il n'était pas l'instigateur de leur séparation. Alors? Ils savaient très bien aussi que leur fille l'aimait passionnément: elle ne serait jamais devenue sa maîtresse s'il en avait été autrement.

Effectivement, elle était tombée amoureuse de lui dès le début. Lors de leur première soirée ensemble, Raff avait tout mis en œuvre pour la séduire: dîner aux chandelles sur fond de musique douce et romantique, conversation brillante ponctuée de regards tendres... La jeune femme, tout en le trouvant un peu inquiétant, se sentait très attirée.

Elle s'attendait à ce qu'il la ramène chez elle en voiture; au lieu de cela, il lui proposa de faire le trajet à pied. Elle en resta d'abord interloquée, puis accepta avec grand plaisir. L'odeur des fleurs, la douceur de l'air l'enivrèrent finalement plus que tout le vin bu pendant le repas.

Raff lui réservait sa plus grande surprise pour la fin: au bas de son immeuble, quand elle lui proposa de monter boire un café, il refusa gentiment, posa un baiser très léger sur ses lèvres et disparut dans la nuit. A ce moment-là, Bryna se rendit compte que cet homme représentait déjà plus pour elle qu'aucun de ceux qui l'avaient approchée.

Lorsque Curt l'appela le lendemain, l'invitant à son tour, elle n'hésita pas une seconde à décliner l'offre : elle préférait rester libre dans l'hypothèse où Raff lui proposerait quelque chose. Une véritable adolescente aux prises avec son premier amour !

Il ne se manifesta pas. Elle passa la soirée à laver et sécher ses cheveux, à s'enduire de diverses crèmes, tout en se maudissant d'avoir stupidement refusé l'invitation d'un homme charmant. Et tout cela pour le simple cas où ce Raff Gallagher daignerait l'appeler !

Au matin, d'une humeur massacrante, elle s'en voulait toujours : quelle sotte de s'être laissée envoûter par cet individu ! Pour lui, il ne s'agissait que d'un jeu, d'un pari fait à lui-même ! Il lui suffisait de dire « nous nous reverrons » et de tenir sa promesse une fois, pour que, comme toutes les autres femmes, elle tombe dans le piège et se mette à l'attendre ! Lui, ayant testé son pouvoir, reprenait sa liberté sans arrière-pensée.

— Vous aimeriez que je sois à la place de ce crayon, n'est-ce pas ? fit une voix posée et déjà familière, depuis le seuil de son bureau.

Raff Gallagher. Bryna leva les yeux du dossier qu'elle n'étudiait pas.

— C'est drôle, je ne vous aurais pas crue si violente, ajouta-t-il en entrant tout à fait.

Elle s'aperçut alors qu'elle venait de casser en deux le crayon avec lequel elle jouait depuis un moment.

— Je ne le suis pas le moins du monde.

Elle jeta la pièce à conviction dans sa corbeille à papier, puis le regarda bien en face.

— Je ne crois pas vous avoir fixé de rendez-vous, monsieur Gallagher.

Il s'installa dans le fauteuil qui lui faisait face et croisa ses jambes immenses.

— Avez-vous du café? J'en aurais besoin, pour me réveiller.

La colère submergea la jeune femme: comment osait-il venir la narguer avec ses histoires de café, après avoir passé la nuit avec l'une de ses maîtresses?

— Vous auriez dû rester plus longtemps au lit, rétorqua-t-elle, agressive.

Il appuya sa tête contre le dossier du fauteuil et ferma les paupières.

— Si vous croyez que j'ai le temps de dormir! Je ne me suis même pas couché cette nuit.

— Monsieur Gallagher...

— Je vieillis, ajouta-t-il en s'étirant.

On aurait dit que ce très bref instant de détente avait suffi à le reposer un peu.

— Il n'y a pas si longtemps, je faisais Londres-New York pour un après-midi de travail puis, mes affaires réglées, je reprenais l'avion de nuit, sans que cela ne me pose le moindre problème.

Il secoua la tête.

— Et là, je suis tout simplement épuisé.

— Vous vous en étonnez? s'exclama-t-elle, horrifiée par cet emploi du temps inhumain.

Elle comprenait à présent son silence de la veille: où aurait-il pu caser un appel téléphonique? Du coup, elle se radoucit:

— Mais vous allez vous tuer, à travailler ainsi! Je vais préparer du café; bien noir.

Il but avec gratitude la tasse qu'elle lui apporta.

— Je ne pouvais pas m'éloigner trop longtemps de vous, expliqua-t-il doucement, et risquer que Curt vous accapare. Non, je ne pouvais pas.

Par-dessus sa tasse, il lui lança un regard si troublant qu'elle se sentit rougir. Elle, une femme habituée à ce que d'innombrables admirateurs se pressent autour d'elle, rougir! Mais qui était donc cet homme?

— Vous auriez peut-être pu me dire cela avant votre départ, vous ne croyez pas?

— Qu'est-ce que cela signifie? Arriverais-je tout de même trop tard?

Cette simple éventualité faisait sourire : un seul regard, et l'on comprenait que Raff Gallagher n'arrivait jamais trop tard. Rien ni personne ne lui résistait.

— Vous feriez mieux de rentrer et de...

— Alors venez avec moi, répliqua-t-il toute fatigue soudain envolée.

— Si vous désirez me voir, il vous sera toujours possible de me téléphoner plus tard.

Aurait-il réitéré sa proposition qu'elle le suivait. Mais il se leva :

— Entendu. Je vous appelle tout à l'heure.

— Comme vous voudrez, murmura-t-elle, nerveuse.

Violente, rougissante, et maintenant nerveuse! Il s'approcha d'elle; elle était restée debout depuis qu'elle lui avait servi son café.

— Bryna...

Il la prit contre lui et l'embrassa doucement sur la bouche.

— A tout à l'heure, sans faute, répéta-t-il en s'éloignant d'elle. Et la prochaine fois que je devrai m'absenter à l'improviste, je vous préviendrai.

La prochaine fois... Ces quelques mots poursuivirent la jeune femme tout le reste de la journée. Il semblait considérer que leurs relations dureraient. Avec ce qu'elle connaissait de lui, elle devinait aussi que ce ne serait pas sans engagement physique.

Si la promenade au clair de lune et son refus de monter chez elle l'avaient surprise, deux jours plus tôt, elle s'attendait encore moins à passer la soirée à son domicile en compagnie de ses deux enfants.

— Je n'ai pas réussi à dormir, cet après-midi, lui expliqua-t-il alors qu'il engageait la voiture dans l'allée qui menait à sa demeure. Je redoute d'inviter au restaurant la plus belle femme que j'aie jamais rencontrée, pour m'endormir la tête dans mon assiette!

Elle ne put s'empêcher de rire:

— En effet, vous y perdriez votre belle réputation!

Il fronça les sourcils.

— Ne croyez pas tout ce que l'on raconte sur mon compte, je vous en prie.

Il vint lui ouvrir la portière. Bryna détacha son regard de l'impressionnante bâtisse géorgienne, située dans le beau quartier de Royal Berkshire, pour lui sourire.

— Alors vous ne buvez pas de champagne au petit déjeuner, ni ne portez de pyjama en soie? Je suis très déçue!

Elle se référait à un article qu'elle avait lu sur lui.

— Mon Dieu, non! s'esclaffa-t-il. Mais pour le champagne, je suis d'accord, si vous venez me rejoindre un beau matin!

Elle rougit et baissa les yeux. Mais déjà, il posait une main sur son bras pour la guider vers l'escalier de marbre.

La présence dans l'immense salon d'une très jolie jeune fille et d'un jeune homme aussi grand et brun que Raff acheva de la déconcerter. Il s'agissait de ses deux enfants, Paul et Kate. Quand elle comprit qu'ils passeraient la soirée avec eux, elle devint extrêmement nerveuse.

— Détendez-vous, lui conseilla Raff en lui tendant un verre de Porto et en s'asseyant à côté d'elle sur le divan. Mes enfants sont très gentils.

Très gentils, d'accord, mais d'une telle franchise qu'elle eut bientôt envie de rentrer sous terre. Paul, à vingt ans, était probablement le portrait de son père au même âge. Il ne voyait aucune raison de lui cacher l'admiration qu'elle suscitait en lui, et ne se priva pas de la lui montrer tout au long du repas. Kate, après lui avoir posé de nombreuses questions indiscrètes sur ses relations avec Raff, finit par aborder un sujet plus reposant : la mode. Bryna répondit à ses questions avec reconnaissance. Pourtant, lorsque Paul se retira pour regagner son studio, dans le centre ville, et que Kate monta à sa chambre pour écouter un nouveau disque, Bryna était épuisée.

— Alors, que pensez-vous de ma progéniture ? demanda leur père d'un air taquin.

Pour la première fois de la soirée, elle se détendit. Elle prit son temps pour savourer le calme retrouvé et formuler une réponse sincère. Les deux jeunes gens étaient charmants, et d'une simplicité étonnante, vu la richesse qui les entourait depuis toujours ; un bon point pour Raff. De plus, une profonde affection les unissait tous trois, et leur complicité l'avait beaucoup touchée. Mais à son avis, la franchise de Kate dépassait un peu les bornes, de même que la cour sans scrupules que Paul lui avait faite.

Son silence provoqua le rire de Raff.

— D'habitude, les gens ont toujours quelque chose à dire d'eux. Depuis des années, on me reproche leur effronterie, leur impolitesse, leur curiosité... Bref on me dit que je les ai trop gâtés.

— Ah non, je ne suis pas du tout d'accord ! La sincérité de Kate m'a tout simplement paru un peu... brutale. Peut-être est-ce moi qui suis trop timorée ? Quant à Paul...

— Je lui parlerai demain de son comportement envers vous ce soir, promit-il, le regard sévère.

— Mais non ! protesta-t-elle ; il était seulement...

— ... En train de courtiser la femme que je désire.

Il l'attira fermement contre lui.

— Personne, et surtout pas mon fils de vingt ans, ne vous séduira à ma place!

Puis il l'embrassa avec une grande douceur.

Un éclat de rire ramena la jeune fille à la réalité: Raff et ses parents semblaient bien s'entendre... Tout en écoutant leur conversation animée d'une oreille distraite, Bryna commençait à douter d'elle-même: était-il bien raisonnable de résister à Raff Gallagher? Surtout quand il désirait une chose avec autant de force qu'il semblait vouloir cet enfant!

4.

— Quelle impressionnante sérénité !

Bryna ouvrit les paupières et balaya du regard l'intérieur luxueux du Jet privé de Raff. Il avait réussi à vaincre ses résistances et elle rentrait à Londres avec lui.

— Ce n'est pas de la sérénité. J'appellerais plutôt cela de la fatigue !

Il ne s'agissait pas d'une banale lassitude physique : elle se sentait aussi épuisée mentalement. Depuis le début de la journée, elle luttait contre elle-même pour savoir si elle accepterait ou non de l'épouser et elle n'en savait toujours rien.

— Allons, détends-toi, Bryna !

Jamais il ne l'avait forcée à quoi que ce soit, pourquoi s'inquiétait-elle ? En fait, cela s'était toujours révélé inutile : elle le suivait délibérément. Ainsi, cette nuit où ils avaient fait l'amour la première fois...

Kate avait regagné sa chambre depuis longtemps quand Bryna décida de rentrer chez elle. Raff refusa catégoriquement qu'elle prenne un taxi, et ce fut dans sa puissante Jaguar qu'ils effectuèrent le trajet du retour.

Quand il fut garé au bas de son immeuble, elle se tourna vers lui.

— Je ne vous invite pas à monter...

— Pourquoi?

— Vous êtes fatigué, et...

Elle s'interrompit en comprenant le sens de sa question:

— Vous y tenez vraiment?

— Plus que tout au monde, murmura-t-il avec un regard brûlant.

— Mais vous êtes épuisé, vous n'avez pas dormi la nuit dernière!

— Bryna, je suis tout à fait éveillé, et je ne veux pas vous quitter ainsi!

— Entendu, dit-elle un peu troublée.

Du coin de l'ascenseur où elle s'était réfugiée, elle l'observait, inquiète. Le moment de vérité venait plus tôt que prévu. Bercée par la soirée avec ses enfants, elle se croyait en sécurité sur l'aspect sensuel de leurs relations. Elle avait eu tort, visiblement.

Raff paraissait tendu et ne disait rien. Cet homme-là ne se contenterait jamais des rapports superficiels et platoniques qu'elle entretenait généralement avec ceux qui lui plaisaient. Il fallait qu'elle sache, et vite, ce qu'elle attendait de lui. Ils entrèrent chez elle...

— A quoi penses-tu?

Le ton brutal la tira de sa rêverie; elle ouvrit les yeux et tourna la tête vers Raff, installé de l'autre côté de l'allée centrale.

— A ton avis, répondit-elle, irritée.

Il eut un geste d'impatience.

— Je croyais que tu dormais. Mais pourquoi lutter, Bryna? Tu sais bien que tu vas être obligée d'accepter.

— C'est donc ce que tu souhaites? s'emporta-t-elle. Un mariage sans amour, avec comme seul motif l'arrivée d'un enfant qu'on n'avait pas prévu? Ton premier échec ne t'a rien appris, on dirait!

— Mon mariage n'était pas un échec. Josey et moi étions trop jeunes, trop idéalistes pour survivre ensemble aux pressions que nous subissions. Mais nous nous respections.

— Peut-être... Cela n'a pas suffi.

— Cette fois-ci, il le faudra! répliqua-t-il, autoritaire. C'est étrange, tu te comportes comme si j'étais responsable de ta grossesse. D'accord, nous avons conçu cet enfant ensemble, mais je ne suis pas personnellement en tort!

Elle pâlit.

— Je me demandais quand commenceraient les reproches. Les voilà!

— Je ne te reproche rien, Bryna, tu le sais bien! Seulement, tu m'avais dit que tu te protégeais. Je ne me suis donc pas inquiété.

Elle pensait que la nature s'en chargerait pour elle, pourquoi aurait-elle pris un moyen de contraception? Bien sûr, elle n'en avait rien dit à Raff.

— Je me croyais à l'abri de cela, murmura-t-elle, incapable de le regarder en face.

Il haussa les épaules.

— Bon, eh bien cela arrive! conclut-il, philosophe.

Détachant soudain sa ceinture de sécurité, il vint s'agenouiller devant elle.

— Bryna, nous sommes amants depuis six mois: serait-ce donc si terrible de devenir mon épouse? demanda-t-il doucement.

Il prit ses mains dans les siennes et les serra, comme pour l'encourager. Elle le regarda intensément. Ce mariage forcé serait-il aux yeux de celui qu'elle aimait autre chose qu'un cauchemar? Elle aurait tant aimé y croire ! Mais il ne fallait pas se leurrer : Raff Gallagher, le plus insatiable des séducteurs, ne pouvait pas être un mari heureux. Et vivre sous le même toit que lui, être sa femme, tout en sachant que seul comptait pour lui leur enfant, cela ressemblait au purgatoire. Quant à supporter qu'il lui fasse l'amour par devoir, ce serait l'enfer, tout simplement. Elle partait battue d'avance. Mais comment s'échapper, maintenant qu'il la savait enceinte ?

Elle releva fièrement la tête :

— Le seul moyen de concrétiser cette union, ce serait de vivre chacun de notre côté.

Le visage de Raff s'assombrit ; il lâcha brutalement ses mains et s'assit à côté d'elle.

— Que nous fassions chambre à part, soit. Mais il n'est pas question que nous menions chacun notre vie amoureuse. J'ai déjà tenté l'expérience...

— Ce n'est pas ce que je voulais dire.

La seule pensée de le voir partir le soir pour retrouver d'autres femmes lui donnait mal au cœur. Pourtant, sensuel comme elle le connaissait, pourvait-elle attendre autre chose de lui, en pareilles circonstances ?

— Je me ferais à l'idée que tu aies des maîtresses, tu sais.

— Moi, je ne supporterais pas une seule seconde de te connaître des amants. Si tu m'épouses, ce sera pour occuper un seul lit : le tien. Et si jamais je découvrais que tu trahis cet accord, ce serait la fin de notre union ; je ferais tout ce qui est en mon pouvoir pour te priver de l'autorité maternelle.

Bryna devint très pâle. Elle ne doutait pas un instant de son sérieux, ni de sa capacité à tenir sa promesse. Et la ténacité qu'elle lui connaissait la glaçait : elle se sentait traquée, et savait qu'au fond, elle n'avait pas le choix ; elle serait obligée d'accepter l'offre de Raff.

— Tu pourras agir à ta guise, mener ta vie comme bon

te semblera... mais jamais tu ne donneras à un autre ce que tu me refuses, à moi !

Un véritable enfant, jaloux d'un jouet dont, pourtant, il ne se servirait pas. Car que serait-elle pour lui, sinon un jouet, un objet superbe qui ornerait sa maison ?

— Enfin, Raff, ne vois-tu pas que cela ne peut pas marcher ?

Mais toute tentative pour le raisonner paraissait vaine.

— Je te conseille de tout mettre en œuvre pour que cela marche !

Elle poussa un profond soupir.

— Je suis un être humain, pas une entreprise ! J'ai un cœur, une âme, des sentiments...

— J'en suis bien conscient ; c'est pour cela que je te propose un mariage... normal.

« Normal » ? Il s'agirait plutôt d'une œuvre de charité ! Plein de pitié, il lui ferait l'amour de temps à autre ; ainsi, elle n'irait pas chercher ailleurs les satisfactions qu'exigeait son corps, au risque de le déshonorer ! Mon Dieu, non ! Elle ne pourrait pas vivre de cette façon.

— Ma grossesse ne concerne que moi, Raff. Laisse-moi m'en occuper !

— Cet enfant est le mien, et je le veux.

A sa manière de prononcer le mot « enfant », elle sentit que, pour lui, cette vie à venir était sacrée. Il fallait s'y résigner : Raff ne céderait pas.

— Et comment Kate et Paul accueilleraient-ils ce petit coucou dans leur nid ?

— Il sera mon enfant au même titre qu'eux ; ils auront tout intérêt à l'accepter très vite.

Bryna était à court d'arguments. Il aurait fallu lui dire : « Je t'aime, mais tu ne m'aimeras jamais. Seule cette vie en moi t'intéresse, et tu t'embarrasses de moi parce que tu ne peux pas faire autrement. Je refuse d'être un poids dans ta vie ; je ne veux pas de ta charité. » Mais une lassitude immense l'avait envahie. Elle ne se sentait pas de taille, affaiblie qu'elle était par la transformation de son corps, à lutter contre un adversaire si tenace. Elle ferma les yeux.

— D'accord, Raff, soupira-t-elle. A une condition: que j'aie ma chambre à moi et que tu n'y entres jamais.

Il hocha calmement la tête. Sa victoire ne paraissait pas vraiment le toucher. Peut-être parce qu'il n'avait pas douté une seule seconde qu'il gagnerait la partie?

— Très bien, Bryna. J'ai moi aussi une condition à poser: c'est qu'il n'y ait pas d'autre homme dans ta vie.

Il la fixa durement.

— Si tu as besoin d'amour, c'est à moi qu'il faudra le demander.

Elle rougit, mortifiée.

— Je crois que ce ne sera pas nécessaire.

Plutôt mourir que de venir quémander à sa porte le plaisir que jusqu'alors il lui avait donné sans arrière-pensée!

— Puisque tu es si sûre de toi...

Sur un haussement d'épaules, il se leva et regagna sa place.

Tant de froideur, tant d'indifférence! Comme ils étaient loin de leur première nuit d'amour!

Bryna se détourna vers le hublot pour cacher les larmes que faisait naître en elle la douceur de ce souvenir.

Quand la porte de son appartement s'était refermée derrière eux, elle avait su qu'ils se désiraient aussi fort l'un que l'autre. Mais son manque d'expérience la rendait timide, et elle se demandait encore si elle serait capable de satisfaire un homme. Elle n'avait qu'un seul moyen de le savoir...

— Toute la soirée, j'ai rêvé de vous caresser ainsi, murmura Raff en passant ses mains dans la masse vaporeuse de ses cheveux.

Puis, glissant à sa nuque, il attira son visage près du

sien pour prendre ses lèvres. L'unique baiser de la veille ne l'avait pas préparée à cette envoûtante sensualité; Raff plaquait son corps contre le sien, lui donnant l'impression qu'ils ne faisaient plus qu'un; tendus vers la même recherche absolue du plaisir, ils fermaient les yeux. Toute pensée avait abandonné la jeune femme: elle n'était plus que sensation. Alors, lorsque Raff se détacha d'elle, ce fut comme un réveil brutal.

— Vous voulez bien de moi, Bryna? dit-il d'une voix rauque en la fixant intensément.

Mon Dieu! Etait-ce donc ainsi que cela se déroulait? Un désir commun, puis on passait la nuit ensemble? Sans doute... Qu'en savait-elle, elle, pauvre novice? Et fallait-il qu'elle soit déjà folle amoureuse de cet homme pour lui offrir son inexpérience!

— Bien sûr, murmura-t-elle, la gorge serrée.

Puis elle releva courageusement la tête.

— Il faut que je vous dise, Raff; je n'ai pas vécu autant que vous et je...

Un baiser impérieux la réduisit au silence.

— Ne parlons pas du passé, ni des aventures que nous avons eues, Bryna. Ce qui compte pour l'instant, c'est nous deux.

Par la porte ouverte de la chambre, on voyait le grand lit blanc qu'elle n'avait jamais partagé avec personne. Il la prit fermement par la main.

— Venez.

Au pied du lit, il l'enlaça et l'embrassa encore. Ses lèvres éveillaient en elle une soif inconnue, une impatience nouvelle, et ce fut avec une sorte de soulagement qu'elle sentit la caresse de ses mains sur son corps.

Malgré leur hâte, il lui fit l'amour doucement, la mettant délibérément au supplice; elle allait devenir folle de désir quand enfin elle sentit sur elle le poids de son amant. A la brève douleur succéda le sentiment de perfection le plus intense de sa vie. Emerveillée, elle se laissa emporter par le plaisir ; libre, comme en apesanteur elle connut en même temps que Raff l'infinie plénitude de l'accomplissement.

Pourtant, quand elle rouvrit les yeux pour le regarder, un peu de son bonheur disparut ; elle savait bien qu'il vivait simplement une aventure de plus, et qu'il n'éprouvait pas le quart de son émotion. Il lui parut soudain presque étranger.

— Ne vous inquiétez pas, Raff, lui dit-elle alors. Malgré mon peu d'expérience, je connais les règles du jeu.

— Quelles règles ?

Elle sourit, mais ferma les paupières pour échapper à l'intensité de son regard.

— Oh, pas de liens, pas d'engagement... Juste du plaisir !

— Bien entendu.

La sécheresse de sa voix lui serra le cœur. Allait-elle trop vite ? Se méprenait-elle sur le plaisir qu'elle croyait lui avoir donné ? Elle parlait comme si leur liaison devait durer ; voudrait-il seulement la revoir ?

— Mais peut-être préférez-vous que nous nous séparions dès ce soir, enchaîna-t-elle.

— Pas du tout, Bryna. J'ai trop besoin de vous pour étancher ce désir en une seule nuit.

Il l'embrassa avec passion et recommença à lui faire l'amour.

Ainsi avait débuté leur histoire. Mais même si par la suite elle avait toujours retrouvé une plénitude identique, jamais elle n'avait revécu l'intensité émotionnelle de cette première fois.

Depuis quelques semaines, elle le sentait de moins en moins proche ; et en acceptant de devenir sa femme, elle renonçait aux dernières bribes d'intimité qui leur restaient encore.

5.

La veille de Noël, n'était-ce pas le jour le plus romantique de l'année pour célébrer un si grand mariage ? On le pensait en tout cas parmi la foule des invités, qui ne cessaient de s'extasier. Rien ne manquait à la fête pour la rendre inoubliable : l'époustouflante beauté de la mariée dans sa longue robe de mousseline et de dentelle blanche, la grâce des quatre demoiselles d'honneur (dont la jolie Kate avait tenu à faire partie), l'impressionnante distinction du marié dans son habit gris impeccable.

Ce fut James Fairchild, fier et heureux, qui conduisit sa fille jusqu'à l'autel, au milieu d'une église comble et fleurie comme un jardin. La cérémonie, fastueuse, se déroula dans le silence et le recueillement. Au moment de l'échange des anneaux, on sentit une réelle émotion dans l'assistance. Non, rien n'avait manqué au mariage de Bryna Fairchild et Raff Gallagher. Mais ceux qui connaissaient la mariée savaient que sous son charmant sourire, Bryna cachait une immense fatigue. Elle n'avait eu que deux semaines pour préparer des festivités qui, vu leur perfection, auraient exigé des mois pour toute autre personne. Raff l'avait aidée, bien sûr: il s'était aussi montré très exigeant. Il avait tenu, malgré ses protestations, à ce qu'elle porte cette robe blanche, et à ce qu'elle ait quatre demoiselles d'honneur (elle se serait bien contentée de Kate seule!). Il avait insisté encore pour qu'elle invite toutes ses connaissances, à l'église comme à la réception donnée ensuite dans un hôtel prestigieux de la région. Ils étaient venus si nombreux qu'elle se demandait comment ils tiendraient tous dans les salles de bal pourtant vastes.

Ses craintes se révélèrent vaines; sous les vives lumières, on allait et venait sans trop de difficulté. Tout l'espace résonnait du brouhaha des conversations. On s'accordait, une coupe de champagne dans une main, un feuilleté au saumon dans l'autre, à trouver la fête magnifique et la mariée digne de son remarquable époux. Certes, elle était un peu pâle, mais quelle femme ne le serait pas en pareilles circonstances?

Raff n'avait pas plus nié que confirmé les bruits qui coururent sur leur compte durant les deux semaines précédant leur mariage: on disait partout que la naissance prochaine du « troisième héritier Gallagher », comme un journal l'avait écrit, motivait seule leur précipitation. Tout le monde saurait bientôt que telle était la vérité... et que la pâleur de la mariée s'expliquait aisément.

Dès leur retour d'Ecosse, Raff avait voulu annoncer à ses enfants « l'heureux événement » à venir, ainsi que leur projet de mariage. L'enthousiasme immédiat de Kate avait réchauffé le cœur de la jeune femme. Quant à Paul, il s'était montré nettement plus réservé; l'idée que son petit frère on sa petite sœur aurait vingt ans de moins que lui le désorientait. Et puis le monde des nourrissons lui était totalement étranger.

En revanche, en garçon d'honneur, il tenait parfaitement sa place. Curt n'avait pas semblé du tout vexé que

Raff lui préfère son fils, au contraire : il avait déjà joué ce rôle lors du premier mariage Gallagher, une fois suffisait. En plus, cela le dispensait de l'inévitable discours de félicitations, ce dont il se réjouissait : il détestait parler en public. Quand Paul eut achevé brillamment cette tâche difficile, il rejoignit Bryna.

— Me feriez-vous l'honneur de la prochaine danse, madame Gallagher ?

S'entendre nommer ainsi lui fit un choc et, toute pâle, elle se tourna vers un Curt malicieux, dont le regard s'assombrit lorsqu'il mesura son état de nervosité.

— Vous devriez vous asseoir et manger Bryna. Vous semblez sur le point de vous évanouir.

— C'est à cause de cette coiffure, soupira-t-elle en posant une main lasse sur son front douloureux.

Raff lui avait offert en cadeau de mariage un diadème de diamants, ainsi que des pendants d'oreilles et un collier assortis. Ainsi parée, elle ressemblait à une reine. Elle croyait connaître à fond l'art de souffrir pour être belle... Pourtant, au cours de ses années de pose et de défilés, elle avait rarement eu à subir pareille torture : les pinces meurtrissaient ses tempes, le voile tirait sa tête en arrière, et le poids de la couronne fatiguait sa nuque.

— Enlevez donc tout cela ! suggéra Curt. Vous êtes superbe, d'accord, mais vous le serez davantage avec une expression plus détendue. Je vais vous aider.

Joignant le geste à la parole, il voulut lui ôter une première épingle.

— Non !

Elle l'arrêta d'une main et regarda avec anxiété autour d'elle. Raff, qui se trouvait avec un groupe d'amis non loin de là, l'observait. Il lui lança un regard glacial.

— Raff ne sera pas content.

— Allons, ne soyez pas ridicule ! Ce n'est pas lui qui souffre !

— Tout va très bien, Curt, je vous assure. Et une

mariée sans voile, cela ne ressemble à rien! ajouta-t-elle faussement enjouée.

— Je ne vois pas pourquoi vous...

— Venez, Curt, la musique commence. Nous n'allons pas parler chiffons toute la soirée! Et vous n'aurez pas si souvent l'occasion de tenir dans vos bras une jeune mariée; à moins que vous n'ayez des projets?

— Moi? Pas question! Tout le monde sait que je suis un célibataire endurci et fermement décidé à le rester.

— En ce cas, laissez donc mes demoiselles d'honneur tranquilles!

— Oh, Bryna, je trouve qu'Alison a une conversation très spirituelle, c'est tout!

— Ah oui? Et c'est pour discuter avec elle que vous lui avez proposé de passer la nuit ici en votre compagnie? poursuivit-elle, moqueuse.

— Ah, ces femmes! Incapables de garder quoi que ce soit pour elles!

Il avait pris un air offensé, mais son regard brillant le trahissait. Bryna lui sourit:

— Si cela peut vous consoler, Alison a failli accepter!

— Voilà le drame de ma vie: il s'en faut toujours d'un cheveu pour qu'elles acceptent.

— D'après ce que je sais de vous, cela marche parfois!

Il eut une grimace satisfaite.

— Nous, célibataires de vocation, ne négligeons pas de temps en temps une douce présence...

Bryna secoua la tête.

— On comprend que vous vous entendiez si bien avec Raff!

Il redevint sérieux.

— Raff n'a pas regardé une autre femme depuis que vous vous êtes rencontrés, Bryna. Sauf Rosemary l'autre jour, admit-il à regret. Mais c'était... différent.

— Ah bon? s'étonna-t-elle.

Savait-il quelque chose qu'elle ignorait? Cette soirée

restait gravée dans sa mémoire comme un de ses plus douloureux souvenirs.

— Il a un peu exagéré, je vous l'accorde, mais il avait derrière la tête cette histoire de contrat, et il voulait la gagner à sa cause.

Pourquoi Raff avait-il inventé pareil mensonge ? Il aurait été plus simple de dire la vérité à Curt : qu'il en avait assez d'elle et qu'il allait la quitter.

— Vous avez cru ces fadaises ?

Il fronça les sourcils.

— Il m'a menti ?

— Bien sûr. Raff ne vous a donc pas expliqué que nous ne nous marions qu'à cause du bébé ?

— Quel bébé ?

Il tombait des nues.

— Vous êtes enceinte ?

Son regard allait de son visage à son ventre, s'attardant, incrédule, sur la sveltesse de sa taille.

— Raff vous l'a caché ? Je croyais qu'au moins pour vous, il ferait une exception !

— Bryna, vous êtes sérieuse ? Je n'arrive pas à y croire.

La jeune femme s'arrêta de danser et, au bord des larmes, le regarda droit dans les yeux.

— Oui, Curt, c'est vrai.

— Il y avait bien toutes ces rumeurs, à cause de votre hâte à vous marier, dit-il lentement. Mais jamais Raff ne m'a laissé entendre que... Mon Dieu, je ne m'en suis même pas douté !

Son visage s'assombrit.

— Quel abruti !

— Il n'y est pour rien, Curt, interrompit-elle. Je suis la seule responsable.

— Et à vous voir, on devine qu'il vous mène une vie impossible pour cela !

Menaçant, il chercha Raff du regard.

— Comment peut-il se comporter ainsi avec vous? Il...

— Curt, je vous en prie.

Elle posa la main sur son bras pour le supplier de se calmer; ils se faisaient remarquer à rester ainsi immobiles alors que tout le monde dansait autour d'eux.

— Allons ailleurs, nous serons plus tranquilles pour parler.

— Stuart attend depuis longtemps de danser avec toi, Bryna.

Raff, le visage tendu, apparut à côté d'elle, flanqué de son assistant.

— Tu as suffisamment accaparé ma femme, Curt, ajouta-t-il avec fermeté.

Les deux hommes se toisaient; Curt semblait sur le point de sauter à la gorge de son ami. Pour éviter une scène, la jeune femme se glissa dans les bras de Stuart Hillier.

Tout en se laissant guider, parfaitement indifférente, par son partenaire imposé, elle vit Raff et Curt pénétrer dans un salon particulier qui jouxtait la salle. Qu'allait-il se passer entre les deux hommes? Inquiète, elle écoutait à peine les remarques de Stuart.

— Vos parents ont l'air très heureux, ils dansent comme deux amoureux.

— Comment? Oh, oui, vous avez raison.

— Ils ont de la chance que leur fille unique contracte un tel mariage!

Ils étaient surtout ravis qu'elle ait pris la décision d'épouser le père de son enfant. Pour ne pas les attrister, elle cachait la vérité; elle s'était juré qu'ils ne sauraient jamais à quel point cette union avec Raff la rendait malheureuse. Raff... Le gendre idéal à leurs yeux, qu'ils aimaient depuis le premier jour... S'ils s'étaient doutés!

Bryna voyait avec soulagement approcher la fin de la danse. Pourquoi n'aimait-elle pas son cavalier? Elle n'en savait trop rien, mais elle se sentait mal à l'aise en sa présence. Il fallait pourtant dire à son honneur qu'il n'avait pas profité de ces quelques moments d'intimité pour se montrer familier avec elle, comme il en avait l'habitude. Elle le trouvait même trop distant pour être honnête !

La musique se tut enfin ; elle lui adressa un bref sourire et s'écarta de lui. Il la retint par le bras.

— Oui ?

— Raff m'a chargé de vous... De prendre soin de vous jusqu'à son retour, expliqua-t-il, tendu.

— Ah, vraiment !

Elle le toisa, hautaine et dédaigneuse :

— Je pense ne pas avoir besoin de chaperon, je vous remercie ; surtout pas le jour de mon mariage.

— Pourtant...

— Monsieur Hillier, coupa-t-elle, glaciale, j'ai l'intention d'aller saluer un de mes cousins, et je n'ai aucune envie que vous m'accompagniez.

Comment Raff avait-il osé la faire surveiller par son assistant ? Que craignait-il ? Qu'elle monte sur une table pour annoncer à tout le monde qu'ils se mariaient uniquement pour leur enfant. Jamais auparavant il ne l'avait traitée avec autant de mépris et de méfiance.

Elle bavardait distraitement avec son cousin et sa fiancée quand elle vit Curt quitter la pièce où il se trouvait avec Raff. Elle s'excusa et se précipita vers lui, mais il traversa la salle à grandes enjambées et sortit sans regarder autour de lui. Il semblait fou de rage.

— Curt !

— Non !

Une douleur fulgurante dans son poignet la stoppa net. Elle se retourna... Raff la fixait avec quelque chose dans le regard qui ressemblait à de la haine. « Un étranger ; un véritable étranger » pensa-t-elle, au bord des larmes.

— Où va-t-il ? demanda-t-elle.

— Il a dû partir inopinément, répliqua sèchement son mari.

— Tu as demandé à ton meilleur ami de quitter cette soirée ? s'exclama-t-elle, abasourdie.

— Il a sagement préféré s'en aller tout seul.

— Tu l'y as contraint, oui ! Qu'es-tu donc en train de faire ?

— J'essaie d'éviter les scènes. Mais si tu tiens absolument à en avoir une...

Il désigna la pièce d'où il venait d'un mouvement sec du menton.

— Suis-moi, ordonna-t-il, mâchoires serrées.

Bryna obtempéra avec reconnaissance. Réveillée à sept heures du matin, harcelée par cent détails de dernière minute, puis jetée dans les bras d'un homme complètement étranger qu'elle devait appeler son mari, elle s'ingéniait depuis plus de huit heures à jouer les femmes heureuses auprès de leurs familles et de leurs amis. Quel plaisir de pouvoir s'échapper, de redevenir la vraie Bryna... Même si c'était pour affronter un nouvel orage.

Elle entra dans le confortable petit salon ; dans la cheminée brûlait un grand feu. Elle attendit qu'il ait fermé la porte pour s'asseoir, puis le regarda.

— Pourquoi es-tu à ce point irraisonnable et arrogant ? demanda-t-elle.

— Je me considère au contraire comme très sage, rétorqua-t-il, au comble de l'irritation. C'est toi qui tiens absolument à t'exhiber.

Elle rougit sous l'accusation.

— Je dansais avec Curt, c'est tout !

— Excuse-moi, mais lorsque je suis arrivé, vous n'étiez pas du tout en train de danser !

Il enfonça rageusement les mains dans les poches de son pantalon.

— Tout le monde vous regardait parce que, justement, vous ne dansiez pas. Un peu plus tôt, déjà, on avait pu voir comme il te caressait les cheveux...

— Il ne me caressait pas! Il essayait d'enlever mon voile!

— Pourquoi?

— Parce qu'il est plein d'attentions, et que j'avais mal à la tête.

— En ce cas, pourquoi ne pas l'avoir ôté toi-même?

Tout simplement parce qu'elle craignait de lui déplaire.

Grand Dieu! Comme elle avait changé en l'espace de deux semaines! Femme d'affaires indépendante, volontaire et intelligente, voilà qu'elle devenait une de ces gourdes terrifiées par leur mari, incapables de décider d'elles-mêmes.

— Je croyais devoir jouer mon rôle jusqu'au bout, répliqua-t-elle, mordante.

D'un geste preste, elle défit les pinces qui fixaient son diadème, puis détacha une à une les épingles qui retenaient son voile. Elle se sentit tout de suite plus légère.

— Mais j'en ai assez fait, tu as raison, dit-elle en posant le tout sur un guéridon. Et maintenant, j'ai l'intention de profiter de ce qui reste de cette soirée, si tu n'y vois pas d'inconvénient. Joue les chiens de garde si cela te chante.

Elle se leva et se dirigea vers la porte.

— Que veux-tu dire?

La brutalité de sa voix l'arrêta dans son élan; pivotant sur elle-même, elle l'affronta:

— Tu me prends vraiment pour une idiote, Raff. Je sais que tu suis chacun de mes mouvements depuis que nous sommes sortis de l'église. Pourquoi, je n'en sais rien. Penses-tu que je pourrais provoquer un scandale le jour de mon mariage?

— Pourquoi pas? Les cancans vont bon train, déjà. Ton comportement avec Curt n'est pas passé inaperçu.

— Enfin, j'ai simplement dansé avec lui !

— De quelle manière ! En plus, tu lui as parlé du bébé.

— C'est ton meilleur ami, non ? Je croyais que tu lui avais déjà annoncé la nouvelle !

— Pourquoi l'aurais-je fait ? répondit-il en lui jetant un regard noir.

— Parce que... Eh bien, parce que...

— Cela ne le concerne en rien. Cet enfant est à nous voilà tout, absolument tout ce qui touche à lui ne regarde que nous.

— Nous aurions dû nous accorder sur ce point avant, voilà tout ; c'est un simple malentendu. Je ne veux pas que Curt et toi vous disputiez à cause de moi.

— Vraiment ? ricana-t-il, sarcastique. D'habitude, les femmes adorent que les hommes se battent pour elles.

Qu'avaient-ils bien pu se dire, tous les deux, pour provoquer cette évidente rupture ?

— Curt et toi n'avez aucune raison de vous quereller à mon sujet. C'est ridicule, et j'ai horreur de cela.

— Dommage... J'ai le sentiment qu'il va falloir t'y habituer. Maintenant, rejoignons nos invités. Ensemble. Il est grand temps de clore les festivités. Tu as besoin de te reposer.

Tiens ! Il avait remarqué sa fatigue ! Etait-ce son état qui le préoccupait vraiment, ou la mauvaise impression que donnerait une jeune mariée fourbue ? Elle n'aurait su le dire.

Il était plus de minuit quand les derniers convives prirent congé. Paul raccompagna sa petite amie avant de rentrer chez son père, où il passait exceptionnellement la nuit. Kate y était reconduite par Roger Delaney, un compagnon de collège très séduisant qu'elle avait décidé d'inviter à la dernière minute. Raff, Bryna et ses parents, qui restaient avec toute la famille Gallagher pour la journée de Noël, retournèrent ensemble dans la maison de Royal Berkshire.

La jeune femme se réveilla dans les bras de Raff, au moment où il montait les premières marches de l'escalier qui menait aux chambres. Elle avait dû s'endormir dans la voiture, car elle ne se souvenait plus du trajet.

— Tes parents m'ont chargé de te souhaiter une bonne nuit, dit-il dès qu'il la vit ouvrir les yeux.

Sur son visage, toujours l'expression lointaine et sombre qu'il arborait depuis le jour où elle avait accepté de l'épouser.

— Tu peux me poser maintenant.

Elle tenta de glisser à terre. Mais l'étreinte de ses bras se resserra.

— Nous y sommes.

D'un coup de pied, il ouvrit une porte.

— Mais... Ce n'est pas chez moi! balbutia-t-elle, alarmée.

Ce décor austère, ces tons vert et crème, ne ressemblaient en rien à ceux de sa chambre, tendue de tissu rose, qui se trouvait un peu plus loin dans le couloir. Elle s'en souvenait, il y avait installé toutes ses affaires la veille. Et elle savait aussi que la chambre de Raff communiquait avec la sienne par la salle de bains, qu'elle voyait par la porte entrouverte; le majordome de la maison le lui avait expliqué en lui faisant visiter les lieux. Donc, ils se trouvaient bien chez Raff.

Il la déposa sur le sol. Leurs deux corps se frôlèrent... Bryna s'éloigna le plus possible.

— Je sais bien où je suis, Raff. Il ne faut tout de même pas me prendre pour une simple d'esprit!

Il dénoua sa cravate, qu'il laissa pendre autour de son cou pour déboutonner le col de sa chemise.

— La journée a été longue, Bryna, fit-il remarquer d'une voix fatiguée. Prends la salle de bains la première et couchons-nous vite.

Il s'assit au bord du lit pour enlever ses chaussures. Ce mouvement attira l'attention de la jeune femme sur le lit immense dans lequel, jusqu'à présent, il avait tenu à dormir seul. Aucune de ses maîtresses n'avait jamais passé la nuit chez lui. Raff refusait de mêler Kate et Paul à cet aspect de sa vie sentimentale. Chaque fois qu'ils voulaient dormir ensemble, c'était chez Bryna.

Elle humecta ses lèvres soudain sèches:

— Tu m'avais dit que nous ferions chambre à part...

— C'est vrai.

Il se redressa pour continuer à se déshabiller.

— Mais...

— Bryna, nous avons des invités à la maison. Il y a aussi mon fils et ma fille. Je ne sais pas ce qu'ils penseraient s'ils nous voyaient coucher dans deux lits différents le soir de notre mariage. Quant à tes parents, ils croient que tu as désiré cette union, quand ils s'en iront, dans trois jours, je veux que ce soit le cœur léger. Kate et Paul seront eux aussi partis à ce moment-là. En attendant, nous partagerons cette chambre et ce lit, pour donner le change. Si par la suite on devait découvrir la vérité, nous pourrons toujours dire que, pour le bébé, tu préfères dormir seule, ajouta-t-il les dents serrées.

Elle comprenait maintenant pourquoi il avait brusquement changé d'avis et autorisé Kate à emménager chez Brenda: si elle restait auprès d'eux, elle verrait le gouffre qui les séparait.

— Raff, ne prends pas de décision sur l'avenir de Kate que tu risques de regretter plus tard. Je suis sûre que nous pourrons trouver une solution si...

— Kate a dix-huit ans, il est temps qu'elle affronte les réalités du monde.

Bryna secoua la tête, persuadée qu'il n'était pas sincère.

— S'il lui arrive quoi que ce soit, tu t'en voudras toute ta vie.

Il fronça les sourcils:

— Que peut-il lui arriver?

— Tant de choses !

— Que veux-tu dire ? Que je la pousse à la rue, que je l'expose au vice, à...

— Non ! Bien sûr que non ! Je voulais seulement dire...

Elle ferma soudain les yeux, prise d'un soudain vertige. Si Raff ne l'avait pas retenue, elle serait tombée.

— Excuse-moi, murmura-t-il. Tu es épuisée.

D'un air sombre, il la fit asseoir sur le lit et entreprit de déboutonner sa robe.

— Pas un mot ! ordonna-t-il quand elle fit mine de protester. J'ai promis de ne plus te toucher, je tiendrai parole. J'aide simplement une femme rompue, enceinte de bientôt trois mois, à se mettre au lit. Tu devrais être couchée depuis longtemps.

Trop fatiguée pour argumenter, elle se laissa docilement déshabiller ; elle s'abandonna tout à fait à lui quand, avec un gant de toilette humide, il essuya son corps moite.

Que d'attentions de la part d'un homme si indifférent à elle depuis le début de la journée ! songeait-elle en suivant ses allées et venues entre le lit et la salle de bains. Il rinça une dernière fois le gant, revint avec une serviette dont il la sécha doucement, puis prit la chemise de nuit qu'une servante attentionnée avait posée sur un fauteuil. Visiblement, le personnel aussi s'attendait à ce qu'ils partagent cette chambre. Raff fit glisser le tissu vaporeux au-dessus de sa tête et l'aida à s'étendre enfin entre les draps, qu'il lui remonta jusqu'au menton. Avec un soupir d'aise, elle ferma les yeux et s'endormit aussitôt.

Ce fut la main de Raff sur sa peau qui la réveilla. D'abord, elle crut être en train de rêver. Mais la caresse était si insistante qu'elle reprit conscience. Couchée sur le côté, elle sentait dans son dos la chaleur du corps de Raff ; comme d'habitude il dormait complètement nu. Il avait le bras posé sur sa hanche et effleurait tendrement son ventre. Elle se retourna brusquement ; par la fenêtre filtrait un peu de la lumière du parc et elle put voir briller les yeux de son mari.

— Raff, tu m'avais promis !

— Je sais, et je tiens ma promesse.

— Que dis-tu ?

— Je ne te touchais pas, Bryna.

— Enfin, ne mens pas ! J'ai bien senti ta main sur moi ! Mon Dieu, comme elle aurait aimé se nicher contre cette épaule dont, dans la pénombre, elle devinait la musculeuse rondeur ! Elle allait défaillir, s'il la frôlait encore.

— Je caressais mon enfant, reprit-il d'une voix satisfaite. Nous n'avions conclu aucun accord à ce sujet, n'est-ce pas ?

La jeune femme le fixa, incrédule. Certes, il n'avait pas dépassé la douce courbure de son ventre... Mais ne poussait-il pas un peu loin l'ambiguïté ? D'un autre côté, que pouvait-elle objecter ? Comment contester à un père le droit d'aimer son enfant ?

— J'ai l'intention d'être aussi proche de lui que de Kate et de Paul, continua-t-il d'un ton autoritaire. Je le toucherai chaque fois que j'en aurai envie, aussi longtemps qu'il me plaira. Et habitue-toi à cette idée, car je n'en changerai pas.

Il se mit sur le dos et ferma les paupières. Bientôt, sa respiration devint régulière... En ce qui le concernait, la discussion était close.

Bryna, elle, ne retrouva pas si facilement le sommeil. Elle songeait avec angoisse aux six mois qui la séparaient de la naissance. Six mois d'enfer.

6.

Habitués aux Noëls joyeux de sa famille, Bryna se demandait avec anxiété à quoi ressemblerait cette fête chez les Gallagher. Elle comprit vite cependant que même Raff se laissait prendre à la fièvre des festivités.

Vers huit heures, ils furent brutalement réveillés par une Kate surexcitée.

— Allons, debout! claironna-t-elle en faisant irruption dans leur chambre.

Comme elle paraissait jeune avec ses cheveux ébouriffés et son visage sans fard! A la voir ainsi, simplement vêtue d'une courte chemise de nuit, Bryna fut un peu choquée: pendant plus de six mois, elle était restée tout à fait en dehors de l'intimité familiale; la transition lui semblait brutale. Gênée, elle s'enfonça dans les couvertures.

Raff se frotta les yeux et, dans un bâillement, murmura:

— Tu aurais pu frapper, espèce de...

— J'ai frappé, chantonna-t-elle, en sautillant au pied du lit. Mais vous n'avez pas répondu.

— Peut-être parce que nous dormions encore? suggéra son père en se redressant contre l'oreiller. Et si nous ne dormions pas, tu nous aurais d'autant plus dérangés...

— Maintenant que le mal est fait, dépêchez-vous, rétorqua-t-elle avec aplomb. Je veux ouvrir mes cadeaux, moi !

A la pensée de tous les paquets qui l'attendaient devant l'arbre, elle rayonnait comme une enfant de dix ans.

Elle quitta la pièce après leur avoir arraché la promesse qu'ils la rejoignaient le plus vite possible au salon.

Bryna, attendrie, souriait avec indulgence; quand elle vit que Raff lui rendait son sourire, elle se sentit soudain plus proche de lui que depuis des semaines. Il secoua la tête, amusé :

— Elle joue les grandes... et la voilà qui trépigne comme une gamine !

— Tout le monde aime ouvrir des cadeaux ! remarqua-t-elle en s'étirant.

Cette nuit de sommeil l'avait merveilleusement reposée. Raff fronça les sourcils :

— Alors pourquoi as-tu tenu à ce que je ne t'offre jamais rien au cours des six mois passés?

— Parce que j'étais ta maîtresse.

— Non, pas ma maîtresse, Bryna. Pour moi, ce mot implique une sorte de dépendance; or nous menions chacun notre vie. Nous étions... amants. Et pour ma part, tu ne m'aurais certainement pas vexé en m'offrant des cadeaux. J'aurais été heureux de penser que tu m'aimais en dehors des moments où nous faisions l'amour.

Le regard de la jeune femme s'assombrit.

— Raff, je t'en prie, ne nous disputons pas.

— Non, tu as raison.

Il se pencha au-dessus d'elle.

— Joyeux Noël, madame Gallagher.

— Oui, joyeux Noël, murmura-t-elle.

Puis la bouche de Raff fut sur la sienne. Après tant de froideur et d'incompréhension, elle crut qu'un rayon de soleil se posait sur elle. Sous la caresse de ses lèvres, elle s'épanouissait, comme une fleur. Nouant ses bras autour de son cou, elle lui rendit son baiser avec passion.

— Tu ne crois pas qu'il faut traiter une femme enceinte avec plus de douceur ? s'exclama depuis la porte un Paul très inquiet.

Devant l'expression ahurie de Raff et de Bryna, il rougit soudain.

— Ce serait mieux, marmonna-t-il, embarrassé, en passant une main dans ses cheveux hirsutes. C'est ce que j'ai lu quelque part, en tout cas.

— Je n'ai plus le droit d'embrasser ma femme ? protesta son père. Et combien de fois faudra-t-il te dire qu'on frappe avant d'entrer chez quelqu'un ?

— J'ai frappé, mais...

— ... nous ne t'avons pas entendu, termina Raff d'une voix lasse ; je sais, je connais la chanson. J'espérais que toi et ta sœur auriez un peu plus de savoir-vivre, reprit-il en soupirant ; je me disais que pour notre première grasse matinée de jeunes époux, vous auriez la décence de nous laisser tranquilles !

— Je suis désolé, papa, mais si vous ne descendez pas tout de suite, Kate va ouvrir les cadeaux de tout le monde ! Je n'arrive plus à la tenir.

Quand il eut refermé la porte, Bryna se mit à rire.

— Quels gamins, tous les deux !

— Paul ne plaisante pas, tu sais : une année, Josey et moi étions arrivés juste à temps pour l'arrêter : Kate avait défait tous les paquets de sa mère, tous les miens, et s'attaquait à ceux de son frère. Allons-y avant qu'ils ne se disputent.

— En tout cas, Paul est moins indifférent au bébé qu'il ne veut bien le faire croire : tu as vu, son bien-être le préoccupe !

— C'est vrai. Mais tu as sans doute remarqué comme moi qu'il est loin de se montrer enthousiaste, rétorqua Raff, ennuyé, en passant sa robe de chambre.

— Mets-toi à sa place: vingt ans d'écart, cela fait beaucoup entre deux enfants!

Pourtant, en assistant à la séance d'ouverture des cadeaux, Bryna conclut qu'il n'y aurait aucun problème de génération entre les deux aînés et son enfant: il fallait voir comme ils se jetaient sur les paquets accumulés au pied du grand arbre! Impresssionnant, ce sapin: haut de trois mètres, il étincelait de toutes ses guirlandes, boules et lampions, soigneusement disposés le week-end précédent par toute la famille; Bryna gardait de ces quelques heures de décoration un des rares souvenirs détendus des semaines passées; elle avait eu l'illusion de former avec Raff un couple normal, promis au bonheur...

Paul et Kate, noyés sous les papiers et les rubans, n'en finissaient plus de s'exclamer: cadeaux de Raff et de Bryna, cadeaux de leurs grands-parents... Tout les ravissait, et ils allaient, surexcités, d'un paquet à l'autre en hurlant comme deux bambins.

Les parents de Bryna avaient accepté leur nouveau rôle avec beaucoup de joie, et décidé que Kate et Paul seraient leurs petits-enfants au même titre que le futur bébé. Comme pour rattraper le temps perdu, ils les avaient gâtés plus que de raison.

Délibérément, Bryna se tenait à l'écart; elle observait les liens qui se nouaient entre sa nouvelle famille et ses parents: à son grand plaisir, tout se déroulait aussi bien que possible.

Lorsque Kate vint déposer à ses pieds une pile de paquets, elle tomba des nues; elle avait complètement oublié de les ouvrir! Aidée de la jeune fille qui en avait enfin terminé, elle commença à défaire les nœuds. Ses parents avaient choisi pour elle tout un assortiment de produits de beauté, de l'huile de bain à la lotion corporelle ; de grand luxe, bien entendu... Elle allait pouvoir s'occuper d'elle ! Kate lui avait offert un livre sur la grossesse et l'accouchement, qu'elles se mirent à feuilleter ensemble, en échangeant des sourires complices. Paul eut une grimace un peu bête quand elle en vint à son paquet. Elle comprit pourquoi en ouvrant la grosse boîte : une chemise de nuit !

— C'est Kate qui m'a aidé à la choisir, se hâta-t-il d'expliquer en voyant son père froncer les sourcils. C'est pour la maternité et...

— C'est un très beau cadeau, Paul, l'interrompit-elle sincèrement touchée. Une excellente idée aussi !

Et elle l'embrassa, ramenant un sourire sur son visage confus.

— Maintenant, à mon tour ! déclara Raff en lui tendant un petit paquet.

— Mais tu m'as déjà tant offert, Raff ! Le collier, les...

— Il s'agissait de cadeaux de mariage. Tu ne te souviens déjà plus de ce que, toi, tu m'as offert pour Noël ?

Bien sûr... Cette merveilleuse statuette dont ils étaient tous deux tombés amoureux, un jour en passant devant un antiquaire, et qu'elle avait acquise à son insu. D'ailleurs, elle trônait en bonne place sur un guéridon.

Les doigts tremblants, elle dénoua le fil doré. Dans la boîte se trouvait un écrin qu'elle ouvrit... Elle en eut le souffle coupé : sur le velours noir, une bague scintillait de tout l'éclat de ses sept diamants ; une bague de fidélité. Au comble de la stupeur, elle dévisagea Raff... Son expression ne trahissait aucune de ses pensées.

— Qu'elle est belle, papa ! s'extasia Kate.

Oui, Bryna n'en avait jamais vu d'aussi jolie ; et, tout comme l'anneau que Raft lui avait glissé au doigt la veille, elle lui allait parfaitement. Mais que signifiait un tel présent ? Elle ne comprenait pas.

— Merci, Raff, balbutia-t-elle ; c'est... magnifique.

— Je suis content qu'elle te plaise. Bien, allons vite

nous habiller et prendre le petit déjeuner. C'est bientôt l'heure de la messe.

Bryna avait décidé de se charger avec sa mère de préparer le déjeuner. Elles furent vite rejointes à la cuisine par Kate et sa grand-mère Gallagher. A elles quatre, elles eurent tôt fait de cuisiner un succulent repas, au milieu des rires, des histoires, des souvenirs que chacune tenait à raconter. Au salon, l'atmosphère n'était pas moins chaleureuse entre les quatre hommes. Pour Bryna, la journée ressembla à tous les Noëls qu'elle avait vécus chez ses parents: agréable, un peu magique.

Le déjeuner, quoique tardif, fut très réussi et elle eut droit en tant que chef aux éloges les plus flatteurs. Puis, pour se rafraîchir, ils firent tous ensemble une promenade dans le parc... et le soir, ce fut elle qui sommeilla devant la cheminée tandis que Raff et les enfants concoctaient un dîner léger. Une seule chose vint troubler la perfection de cette journée...

Le repas terminé, ils rangeaient la vaisselle, lorsque Kate se figea soudain.

— Mais... s'écria-t-elle, je m'aperçois seulement maintenant qu'oncle Curt n'était pas avec nous aujourd'hui! Que lui est-il arrivé?

Une brève seconde, le regard de Raff brilla d'une colère froide; mais il parvint à se dominer.

— Il était invité ailleurs, répondit-il évasif.

Kate ne pouvait se contenter de cette réponse:

— Enfin, il a toujours passé les Fêtes avec nous!

— Tu ne crois pas qu'après vingt ans, il a le droit de changer ses habitudes?

— Mais...

— Kate, il a beaucoup d'amis, coupa son père sur un ton qui n'admettait pas de réplique.

Sans en connaître la raison, Bryna savait qu'elle était l'unique cause des disputes entre les deux hommes. Disputes telles que Raff n'accueillait même plus chez lui celui qu'il considérait peu auparavant comme son meilleur ami. La jeune femme se sentait coupable tout en ignorant ses torts. D'où venait la colère de Raff? De ce qu'elle avait révélé à Curt l'existence de leur enfant? De ce qu'elle avait dansé avec lui le jour de leur mariage? Non, elle ne pouvait croire en de si futiles motifs! D'un autre côté, elle était très gênée vis-à-vis de Kate et de Paul, qui adoraient leur « oncle » Curt. Avaient-ils vu le rapport entre l'attitude de leur père et son remariage? Elle espérait que non.

Sa belle-mère lui remonta un peu le moral, au moment de son départ; c'était une grande femme à l'allure très digne, mais au regard si gentil, au visage si souriant que Bryna s'était tout de suite prise d'affection pour elle.

— Je ne peux pas vous dire à quel point cette journée nous a ravis, Bryna, dit-elle en l'embrassant. C'est le plus agréable Noël que j'aie jamais passé. Tu n'es pas d'accord, Michaël?

— Mis à part peut-être ceux de mon enfance, dont je garderai toujours un souvenir émerveillé, répliqua le père de Raff avec un bon sourire.

C'était de cet homme immense et toujours beau que Raff avait hérité ses remarquables yeux gris. Mais chez le vieil homme, ils exprimaient beaucoup plus de chaleur.

Jusqu'à sa retraite, Michaël Gallagher avait été un homme d'affaires très respecté. En regardant le père et le fils côte à côte, Bryna ne put s'empêcher de songer au couple formidable qu'ils devaient former dans le passé. Rien ne devait leur résister. Leur prestance expliquait déjà au moins la moitié de leur réussite!

La veille, la fatigue l'avait emporté sur les scrupules et elle s'était endormie dans le lit de Raff sans se poser de question. Il n'en alla pas de même ce soir-là.

Personne n'avait encore deviné la tension qui existait entre les deux époux; surtout grâce à l'attitude de Raff qui se comportait exactement comme on l'attendait d'un mri amoureux: doux, prévenant, il jouait son rôle à merveille. S'inquiétait-il vraiment d'elle, ou seulement de son enfant? La réponse, elle la connaissait, et cela lui faisait mal.

Couchée sur le côté, elle simulait le sommeil quand il sortit de la salle de bains et vint se coucher. Lorsqu'il eut éteint la lumière, il se colla contre son dos et posa comme la veille une main possessive sur son ventre. Une douce chaleur envahit la jeune femme, éveillant des frissons de désir dans tout son corps.

— Tu as froid? s'enquit innocemment Raff.

Froid? Elle était en feu. Le tremblement augmenta, sa respiration se fit plus rapide... elle eut beau essayer de se calmer, elle n'y parvint pas.

— Me désires-tu, Bryna? chuchota-t-il.

En répondant « oui », elle se serait trahie elle-même; elle ne pouvait accepter qu'il lui fasse l'amour par charité.

— Tu te souviens sûrement... Une femme est plus sensible au cours de sa grossesse...

— Elle a plus de désir, oui. Si tu as besoin de moi...

Elle ferma les yeux et serra les poings pour résister à l'envie de se jeter dans ses bras.

— Non, je n'ai aucun besoin de toi.

Que le mensonge pouvait être douloureux, parfois!

— C'est toi qui as demandé à Curt de ne pas venir aujourd'hui? reprit-elle, espérant que le changement de sujet la distrairait de son désir.

Il cessa sa caresse, pour la reprendre aussitôt avec moins de douceur.

— Non, il en a pris l'initiative tout seul.

— A cause d'hier?

— Entre autres.

— Quelles sont tes autres raisons?

— Je ne veux pas en parler maintenant.

Il enleva sa main et se mit sur le dos. Bryna se tourna vers lui ; il fixait le plafond d'un air obstiné.

— C'est important pour moi, Raff ! commença-t-elle.

— Je sais.

— Kate et Paul m'en voudront s'ils pensent que vous vous disputez à cause de moi !

Il serra les lèvres.

— L'opinion de mes enfants t'importe donc tant que cela ? demanda-t-il, ironique.

— Bien sûr ! Et puis je déteste vous voir si haineux, Curt et toi. Sans la moindre raison.

— Sans raison ?

Raff jaillit du lit comme un diable de sa boîte. Il tremblait de colère.

— Tu as relancé ta liaison avec lui le jour de nos noces, et tu voudrais que j'accepte cela sans rien dire ?

Une liaison avec Curt ? Il plaisantait ! Pourtant, lorsqu'il alluma la lampe de chevet, elle comprit à son expression furibonde qu'il était tout à fait sérieux. Mais pourquoi ? D'où tenait-il cette idée rocambolesque ?

— Raff, comment pouvais-je être la maîtresse de Curt, puisque j'étais la tienne ? demanda-t-elle, abasourdie.

— J'avoue que la chose n'est pas commune, lâcha-t-il entre ses dents.

— Elle est surtout fausse ! s'exclama Bryna avec feu. Complètement fausse ! Qu'est-ce qui te fait penser cela ?

— Non seulement je le pense, mais encore j'en ai la preuve !

La jeune femme resta muette quelques instants ; n'était-elle pas en train de se perdre dans un abominable cauchemar ? Non, elle ne dormait pas.

— Quelle preuve ? s'enquit-elle doucement.

— On vous a vus plusieurs fois déjeuner ensemble ; comme deux amoureux.

— Je t'en ai parlé.

— Pas chaque fois.

— Presque toujours.

Ses joues s'empourprèrent ; elle avait décidé d'imiter Raff dans son comportement et de ne pas l'impliquer dans sa vie professionnelle. Elle voulait qu'il comprenne à quel point il était désagréable de se sentir exclu. Et voilà que cela se retournait contre elle !

— Il s'agissait de rendez-vous d'affaires, Raff, tu le sais bien !

— Ton contrat avec Curt avait pris fin depuis un moment, lui rappela-t-il froidement.

— Je voulais en conclure un autre.

— Ça, je n'en doute pas une seconde !

— Crois-moi ! En as-tu seulement parlé avec lui ?

A son incompréhension venait s'ajouter de l'exaspération à présent ; elle avait l'impression de se trouver en face d'un enfant obstiné.

— Bien sûr.

— Et alors ?

— Il nie farouchement.

— Ah, tu vois bien !

— Voyons, il n'a pas le choix : tu es ma femme, et tu attends un enfant de moi.

— Si tu crois vraiment que nous sommes amants, comment sais-tu que cet enfant n'est pas à lui ?

— C'est mon unique certitude, répliqua-t-il sèchement. Curt est stérile.

Bryna pâlit. Elle connaissait si bien la douleur que l'on éprouve quand on se sait incapable de procréer... Elle comprenait en outre la détermination de Raff à devenir son mari : il devait craindre que Curt, la sachant enceinte, ne se précipite sur l'aubaine d'avoir un enfant malgré tout, et ne cherche à l'épouser. Etait-ce pour cette riason qu'il avait caché l'existence du bébé à son ami ? Certainement.

« Mon Dieu ! songea-t-elle, et si sa froideur des derniers mois venait de ses doutes sur ma fidélité ? S'il ne s'était comporté de manière si détestable, avec Rosemary, que pour se venger de moi ? Alors... »

Alors il n'était pas du tout lassé d'elle, comme elle le supposait ? Tout s'expliquait par le dépit ! Elle se sentit prise d'un vertige, à regarder sous ce nouvel aspect leur vie depuis quelques semaines...

Levant les yeux, elle s'aperçut seulement à cet instant qu'il était en train de s'habiller ; il avait déjà enfilé son pantalon noir, et boutonnait sa chemise.

— Où vas-tu ?

Il n'allait tout de même pas partir maintenant, en plein malentendu !

— Je sors.

— Raff, il faut absolument que...

— Ne t'inquiète pas, Bryna, je serai de retour avant le matin. Et je m'arrangerai pour que tu puisses t'installer dès demain soir dans ta chambre.

— Attends, Raff, nous devons nous expliquer tout de suite.

— C'est trop tard. Et depuis bien longtemps, Bryna. Depuis le jour où tu as décidé que Curt deviendrait ton amant.

— Mais je n'ai rien...

— Avait-il autant d'expérience que moi, autant de savoir-faire ? Sûrement... En tout cas, il est une chose qu'il ne me volera jamais : c'est mon enfant.

— Raff ! s'écria Bryna.

Il ouvrit la porte.

— Raff, tout cela est faux, tu te fais des idées !

— Il y a des témoins, Bryna. Et puis me crois-tu incapable de sentir comme tu as changé d'attitude à mon égard ? Je sais ce que c'est, de tenir dans mes bras une femme qui en préfère un autre. J'ai vécu l'expérience avec Josey.

Elle inspira profondément, avec rage.

— Si j'ai changé, c'est uniquement...

— Oui ? s'impatienta-t-il.

— Parce que toi, tu avais changé, l'accusa-t-elle en se levant. Si, tu as changé de comportement ; je croyais que tu en avais assez de moi, que...

— Qu'il valait mieux préparer l'avenir, et prendre un autre amant pour le jour où je t'aurais abandonnée ? acheva-t-il, dégoûté.

— Cesse donc de mettre sans arrêt mes paroles en doute ! s'écria-t-elle. Tu te trompes sur toute la ligne ; Curt n'est pas et ne sera jamais mon amant, comprends-le !

— Je ne peux pas transformer le passé, mais en ce qui concerne l'avenir, tu as raison : aucun autre homme que moi ne connaîtra désormais ton corps.

Hébétée, Bryna fixa la porte qu'il venait de fermer avec force. Curt et elle ? Mais comment pouvait-il en venir à des conclusions si erronées ? Ils s'entendaient bien, certes, et Curt la traitait avec la même légèreté que toutes les femmes de son entourage. De là à y voir les motifs d'une liaison ! Raff parlait de preuves... Considérait-il comme une faute le fait qu'ils aient parfois déjeuné ensemble ? De toute évidence, oui, et elle ne savait que dire pour lui faire changer d'avis.

Elle comprenait à présent pourquoi sa froide indifférence s'était muée en haine depuis le jour où il avait appris sa grossesse. Hélas, maintenant, il ne cherchait plus du tout à lui cacher son hostilité.

7.

Les vacances prirent fin, au grand soulagement de Bryna. Retourner travailler lui fit l'effet d'une bienfaisante bouffée d'oxygène ; tout ce qui pouvait la distraire de ses rapports étouffants avec Raff était le bienvenu.

Ses parents étaient retournés en Ecosse, Paul avait depuis longtemps réintégré son studio ; quant à Kate, elle achevait son emménagement chez Brenda. Bryna doutait toujours du bien-fondé de cette décision, mais l'attitude de Raff lui signifiait clairement qu'il ne voulait pas discuter de sa fille avec elle ; ni d'ailleurs de quoi que ce soit d'autre. Ils vivaient, dix jours seulement après leur mariage, comme deux étrangers. Ils dormaient chacun dans leur chambre et ne faisaient même plus l'effort d'entretenir une conversation polie pendant le dîner. Un soir, la tension à table fut si insupportable, que Bryna demanda à ce qu'on la serve dans sa chambre. Raff s'aperçut-il de son absence ? Peut-être même pas.

— Appelez M. Stevens, s'il vous plaît, Gilly, demanda-t-elle à sa secrétaire dès son retour au bureau.

Tout en attendant qu'on lui passe la communication, elle parcourut distraitement son abondant courrier. Depuis des jours, elle brûlait de contacter Curt, pour connaître son opinion sur l'attitude de Raff. Elle n'avait bien sûr pas osé lui téléphoner de chez eux : le climat était assez pénible comme cela ! La sonnerie retentit enfin. Cœur battant, elle prit le combiné.

— Curt ? C'est Bryna.

— Je suis heureux de vous entendre !

— Curt, il faut absolument que je vous parle, annonça-t-elle sans détour.

— Que se passe-t-il ? Raff vous fait la vie dure, avec ses fantasmes ?

— Je n'arrive pas à le convaincre qu'il se trompe, et...

Elle faillit éclater en sanglots : la tension des derniers jours l'avait rudement éprouvée. Pourtant, elle parvint à se contenir.

— Bryna ?

— Tout va bien, Curt. J'ai simplement besoin de parler avec quelqu'un qui puisse me comprendre. Je me sens si seule !

— Bien sûr ; voulez-vous déjeuner avec moi à midi ?

Ils se donnèrent rendez-vous dans un restaurant élégant de la ville, puis raccrochèrent. La jeune femme se jeta à corps perdu dans les activités de la journée. Après cette longue semaine de vacances, le travail ne manquait pas, heureusement. Elle retrouvait à son bureau le délicieux sentiment de diriger sa vie. Sentiment perdu depuis la nuit où Raff l'avait accusée d'être la maîtresse de Curt. Avec un peu de chance, elle continuerait à travailler jusqu'à la naissance du bébé.

Curt l'observait, tandis qu'elle le rejoignait à la table où il l'attendait.

— Je sais qu'il faut toujours dire à une femme enceinte qu'elle a une mine superbe, commença-t-il, sourcils froncés. En ce qui vous concerne, ce serait un trop gros mensonge, Bryna.

Elle s'en doutait! A si mal dormir, à grignoter comme un oisillon, elle ne pouvait pas rayonner de santé! Yeux cernés, cheveux ternes, teint trop pâle... Non, elle ne se sentait pas au mieux de sa forme!

— C'est à cause de Raff, et de cette idée fixe sur notre « liaison », soupira-t-elle en s'asseyant.

— Quand vous en a-t-il parlé?

Toute trace de gaieté avait disparu du visage de Curt. A l'évidence, il était très agité lui aussi.

— La nuit du vingt-cinq décembre, après une journée très réussie en compagnie de nos familles. Il...

— Bien sûr, il a d'abord profité de sa nuit de noces, avant de vous asséner le coup de grâce! remarqua Curt plein de dégoût.

— Non! Je veux dire... Nous n'avons pas consommé le mariage, avoua-t-elle en rougissant. Nous avons un accord, voyez-vous...

— Quel genre d'accord peuvent bien avoir deux nouveaux mariés pour ne pas faire l'amour durant leur nuit de noces?

Il semblait abasourdi. Bryna poussa un profond soupir.

— Nous ne nous sommes mariés qu'à cause du bébé, Curt. C'est l'unique raison.

Elle baissa les yeux sur la nappe blanche; sous ses doigts nerveux, qui n'avaient pas eu de repos depuis son arrivée, le tissu était complètement froissé.

— L'unique raison, répéta-t-elle d'une voix brisée.

Curt s'adossa à sa chaise, le regard assassin.

— Vous auriez mieux fait de l'attaquer en justice et de réclamer une reconnaissance de paternité!

— A mon avis, il ne m'a pas épousée vite que pour éviter cela; et il a attendu que je sois sa femme pour me dire ce qu'il s'imaginait sur nous, ajouta-t-elle tristement.

— Quel imbécile! Pourquoi diable s'acharne-t-il à tout détruire?

Bryna secoua la tête.

— Il dit qu'il a des preuves, qu'on nous a vus ensemble au restaurant.

— Il s'agissait de rencontres d'affaires!

— Je le lui ai dit, mais...

— Il ne vous a pas crue.

— J'aurais tout de même dû venir, le jour de Noël: je lui aurais fait ravaler ses inventions ridicules.

— Kate s'est beaucoup inquiétée de votre absence, ce jour-là.

— Je sais, je l'ai vue.

— Vraiment? Elle ne m'en a rien dit!

— Nous avons dîné ensemble hier soir. Si Raff ne veut plus de moi, je continuerai à entretenir avec ses enfants les meilleures relations; je les connais depuis si longtemps que, parfois, j'ai l'impression qu'ils sont à moi.

Bryna eut un pincement au cœur, en notant la tristesse de sa voix; tristesse qui ne pouvait être perceptible qu'à ceux qui connaissaient son histoire...

— Ils vous adorent, tous les deux. Ils citent votre nom à tout propos.

Il sourit, adouci. Puis, retrouvant son expression soucieuse:

— Je ne sais pas quelle mouche a piqué Bryna. D'où lui vient cette idée de liaison entre nous? Si je ne le connaissais pas mieux, je dirais qu'il est tout simplement jaloux!

Malgré elle, Bryna éclata de rire.

— Impossible! Sans notre enfant, je serais depuis longtemps hors de sa vie, oubliée!

— Humm, murmura Curt. On dirait qu'il fait tout pour revivre son histoire avec Josey: il l'avait épousée à cause de Paul.

— Je sais. Oui, il renouvelle le même schéma: un mariage qui ressemble plus à une association qu'à une histoire d'amour.

— Une chose pourtant diffère: on dirait que l'idée d'être trompé ne lui sourit pas beaucoup!

— Vous connaissiez donc leur style de vie? demanda-t-elle, étonnée.

— Tout le monde savait qu'ils menaient chacun de leur côté leur vie amoureuse. Sauf Paul et Kate, bien entendu. A mon avis, il n'a pas très envie de recommencer l'expérience.

— J'avoue qu'elle ne me tente pas vraiment non plus!

— Vous l'aimez? s'enquit-il soudain. Mais bien sûr, vous l'aimez. Sinon, pourquoi l'auriez-vous épousé?

Il posa sa main sur celle de la jeune femme pour la réconforter.

Bryna secoua la tête:

— Croyez-moi, Curt, si j'avais eu le choix, jamais je ne serais devenue sa femme. Mais j'ai senti que, si je n'acceptais pas sa proposition, il s'arrangerait pour me prendre mon enfant.

— Vous...

— Bonjour, ma chérie, interrompit une voix derrière elle.

La jeune femme se retourna brusquement... Raff. Il la regardait, furieux mais très maître de lui-même, comme toujours.

« Mon Dieu, se dit Bryna, qu'a-t-il entendu de notre conversation? » Certainement en tout cas les mots qu'elle venait de prononcer.

Curt se laissa aller contre le dossier de sa chaise après avoir lâché la main de son invitée. Il était détendu, parfaitement à l'aise.

— Viens donc te joindre à nous, proposa-t-il avec le plus grand sérieux.

— Je suis malheureusement en rendez-vous d'affaires, répondit-il sombrement. Sinon... rien ne m'aurait autant plu que d'écouter plus avant votre passionnante conversation !

Bryna se sentit pâlir : il avait bel et bien entendu. Ce n'était pas le moment d'essayer de le convaincre ! Jamais il ne comprendrait qu'elle l'aurait épousé avec une folle allégresse si elle n'y avait été contrainte !

— Pas de scène, Raff !

— Crois-moi, Curt, je me maîtrise tout à fait. Si j'avais voulu faire un scandale, je t'aurais cassé la figure et repris ma femme dès mon arrivée, dès le moment où je vous ai vus !

— Eh bien ! Je croyais que c'était moi qui avais du tempérament !

Raff le toisa avec froideur.

— Nous le savons tous, l'enfant que porte Bryna est de moi, dit-il entre ses dents ; et je l'ai prévenue de ce qui se passerait si elle te revoyait encore !

— Nous ne faisons que déjeuner, Raff ! plaida-t-elle, affolée par la menace.

— Tu es ma femme depuis dix jours seulement, et déjà tu déjeunes avec mon supposé meilleur ami ! ricana-t-il, méprisant.

Les mains sur les hanches, il gardait malgré sa colère une expression bienveillante, pour faire croire autour de lui que tout allait bien.

— On va bientôt dire que la couche nuptiale n'a pas eu le temps de refroidir !

— A ce que je crois savoir, elle n'a même pas tiédi ! rétorqua Curt qui n'arrivait plus à contenir sa rage.

Il se tourna vers Bryna et lui lança un regard désolé.

— Pardon, Bryna ; mais vraiment...

Les yeux de Raff, métalliques, froids, donnèrent à la jeune femme envie de rentrer sous terre.

— Cela peut s'arranger dès ce soir si tu le désires.

OFFRE LIMITÉE ! ne laissez pas passer cette merveilleuse OFFRE GRATUITE répondez dès aujourd'hui !

Harlequin COLLECTION

CORRESPONDANCE - RÉPONSE

Validité permanente

A utiliser seulement en France métropolitaine et dans les départements d'Outre-Mer.

URGENT

NE PAS AFFRANCHIR

T

EDIMAIL
AUTORISATION 504 75
75789 PARIS CEDEX 16

— Raff, tu n'as pas le droit de dire des choses pareilles ! s'exclama-t-elle suppliante.

Qu'il lui fasse l'amour par colère serait pire encore que d'endurer sa pitié.

— Ah non ? Eh bien, nous verrons !

Bryna le suivit des yeux tandis qu'à grandes enjambées il traversait la salle pour rejoindre sa table. En plus de Stuart Hillier, trois hommes qu'elle ne connaissait pas l'attendaient. Qu'avaient-ils pensé du comportement de leur hôte ?

— Je n'en crois pas mes oreilles ! s'écria Curt, abasourdi. Je ne l'ai jamais vu ainsi ! On dirait une mauvaise farce.

— Hélas, ce n'en est pas une ; je suis bien placée pour le savoir.

— Je ne lui connaissais pas cette violence.

— Moi non plus, murmura-t-elle. Il me fait peur... Oh, Curt, que vais-je faire ?

Des larmes montaient à ses paupières ; elle se sentait vraiment perdue. Son ami lui tapota la main.

— Ne rentrez pas ce soir. J'ai une chambre pour vous si vous voulez.

— Curt, c'est de la folie ! Raff serait capable de nous tuer tous les deux, s'il me trouvait chez vous !

Il fronça les sourcils.

— Mais de quoi sera-t-il capable, si vous retournez chez lui ?

Elle secoua la tête.

— Non, il ne me fera pas de mal ; ce n'est pas possible.

— Je n'ai pas la même impression.

C'était vrai : Raff avait eu l'air de vouloir l'étrangler tout à l'heure.

— Sa colère sera passée d'ici là, affirma-t-elle.

Mais elle n'éprouvait pas du tout la confiance qu'elle montrait.

La présence de son mari, qui l'ignorait délibérément

pour s'entretenir d'une façon très mondaine avec ses compagnons de table, n'arrangeait pas les choses. Malgré son indifférence apparente, aucun des gestes de Bryna ni de Curt ne lui échappait.

— Curt, je n'ai pas très faim ; je crois que je vais...

— Ne dites pas de bêtises : vous devez vous nourrir ; pensez à votre enfant. Ignorez Raff comme il vous ignore.

Il fit signe au garçon de venir prendre leur commande.

Ce fut difficile, mais elle parvint à déjeuner tant bien que mal, sous l'œil bienveillant de Curt. Les cinq hommes prenaient le café quand ils se levèrent pour quitter le restaurant. Bryna se détourna en passant près d'eux... Curt, lui, s'arrêta un bref instant pour saluer Raff d'un mouvement de tête.

— Je suis vraiment désolée de vous voir impliqué dans cette situation ridicule, dit Bryna à Curt quand ils furent sortis. Je n'arrive pas à m'expliquer ce malentendu.

— Je n'exclue pas la jalousie, dit-il pensif. Vous savez, il...

— Moi, je l'exclue ! s'exclama Bryna avec conviction. Un homme jaloux ne jette pas à sa femme des regards de haine !

— Peut-être pas ; mais s'il n'éprouve rien pour vous, pourquoi donc continue-t-il à douter quand vous clamez votre innocence ? Quand vous lui jurez que nos rendez-vous étaient strictement professionnels ?

— Parce que je ne lui ai pas toujours parlé de nos rencontres, soupira-t-elle. Vous vous souvenez, j'avais décidé de ne pas évoquer mon travail avec lui, durant quelque temps, pour qu'il comprenne à quel point il est désagréable de se sentir rejeté. Or, non seulement il n'a pas changé son attitude, mais en plus il se sert de cela comme d'une preuve !

Curt ferma les yeux.

— Oh, mon Dieu. C'est moi qui vous avais donné cette idée!

— Oui.

Au cours de sa liaison avec Raff, elle s'était souvent confiée à lui, se rendant compte qu'il connaissait mieux son amant qu'elle-même, et qu'il pourrait la conseiller judicieusement.

— A l'avenir, j'apprendrai à garder mes ruses pour moi! grommela-t-il.

Elle lui pinça gentiment le bras, comme pour le rassurer.

— Votre conseil semblait avisé, Curt. Malheureusement, l'homme concerné doit être amoureux pour que cela marche! Raff ne l'était pas.

Il eut un geste d'impuissance désolée.

— En tout cas, Bryna, si vous avez besoin de parler à quelqu'un, n'hésitez pas: appelez-moi.

En le quittant, Bryna avait la certitude que cela se produirait plus tôt qu'elle ne le souhaitait.

Raff ne rentra pas dîner ce soir-là; il ne téléphona pas non plus pour la prévenir, l'abandonnant à ses questions, à ses doutes: que faisait-il? Avec qui? Les réponses qu'elle imaginait étaient tout à fait inquiétantes. Elle se souvenait de sa colère, de la lueur meurtrière dans ses yeux d'argent; et elle savait qu'il se trouvait avec une autre. Probablement la toute disponible Rosemary Chater; les regards de sa rivale le jour de leur mariage avaient été pour le moins vénéneux. Comme elle devait jubiler, à présent!

Le reste de la soirée, Bryna oscilla entre la fureur et le désespoir; elle ne bougea pas du grand divan du salon, attendant le retour de son mari. Vers onze heures, toujours personne... Elle décida de monter se coucher. Il se pouvait qu'il ne rentre pas de la nuit.

Elle commençait à se déshabiller lorsqu'elle entendit claquer la porte d'entrée; un bruit de pas dans l'escalier... La crainte et l'indignation s'emparèrent d'elle quand elle vit Raff entrer dans la pièce. Ses yeux étincelaient toujours de fureur.

— Fort bien! J'arrive juste à temps!

Il s'adossa au mur, et resta là à la contempler, paupières mi-closes, bras croisés sur sa poitrine. Bryna reboutonna vivement sa robe.

— Va plutôt voir une professionnelle, si tu as besoin d'émotions fortes!

— Regarder une femme que je ne connais pas se dénuder ne me fait aucun effet. Où as-tu passé l'après-midi?

— A mon bureau, lui répondit-elle à contrecœur.

De quel droit la questionnait-il ainsi? Lui demandait-elle son emploi du temps de la soirée?

— J'ai appelé plusieurs fois, tu n'étais pas là.

Elle releva fièrement la tête.

— Je n'étais pas disponible, nuance.

A chacun de ses appels, elle avait demandé à Gilly, sa secrétaire, de ne pas lui passer la communication. Gilly l'avait regardée d'une manière étrange... mais la jeune femme s'était bien gardée de lui expliquer quoi que ce soit: au premier mot, elle aurait éclaté en sanglots pour ne plus jamais s'arrêter. Il n'était pas question qu'elle s'effondre maintenant. Elle voulait continuer sa vie, avec ou sans l'amour de Raff.

— Pas disponible? Seulement pour moi, je suppose! lança-t-il, narquois.

Il se détacha du mur et s'avança vers elle. Impossible de se méprendre sur l'expression de son visage.

— Tu étais impatiente de raconter à ton amant l'échec de notre union, n'est-ce pas?

— Raff, cela ne s'est pas passé ainsi. J'avais rendez-vous avec Curt...

— Pour discuter affaires, bien entendu.

— Non, pas cette fois-ci. Aujourd'hui, j'avais tout simplement besoin de parler à quelqu'un.

— Et quelle meilleure oreille que celle de ton amant? siffla-t-il en s'approchant d'elle, mains tendues.

Bryna ne craignait pas l'amour physique avec lui. Elle le savait incapable de blesser une femme de cette manière-là. Elle redoutait plutôt de ne pouvoir empêcher son corps de lui répondre. Vivement, elle s'empara de sa chemise de nuit, et bondit dans la salle de bains qu'elle ferma à clef derrière elle. Puis elle verrouilla la porte qui donnait dans la chambre de Raff avant de s'y adosser. Elle tremblait de peur, sachant que, s'il le voulait, il pouvait d'un coup d'épaule défoncer n'importe quel obstacle.

Le silence s'installa; aux aguets, elle s'approcha de l'autre battant.

— Nous avons toutes les nuits du reste de notre vie, Bryna, murmura soudain Raff, d'une voix profonde qui la terrifia.

On aurait dit un juge prononçant une sentence de condamnation à perpétuité.

8.

Malgré sa colère et ses menaces, Raff évita Bryna encore plus qu'auparavant, au cours des semaines qui suivirent. Quand elle descendait le matin, il était déjà parti au bureau; il rentrait rarement dîner, et s'il le faisait, il demandait à ce qu'on le serve dans son cabinet de travail. La seule chose qu'ils accomplirent ensemble, ce fut la visite chez le gynécologue. Raff tenait absolument à être impliqué dans tous les aspects de cette grossesse, et il posa au spécialiste plus de questions qu'elle-même. Certaines d'ailleurs la plongèrent dans un vif embarras.

Au début du quatrième mois, il assista aussi à la première échographie. Ensemble, ils regardèrent, fascinés, les mouvements de l'enfant dans l'utérus, ils virent ses mains minuscules, ses pieds parfaitement formés et aperçurent un bref instant le profil de son visage.

Après avoir partagé une telle expérience, leur mésentente leur parut à tous deux mesquine et non fondée.

— J'ai observé ton visage, remarqua Raff sur le chemin du retour. J'ai vu à quel point tu désirais ce bébé.

Un peu du bonheur de la jeune femme s'évanouit, et elle lui lança un regard inquet.

— Tu en doutais ?

— Ne sois pas sur la défensive, répondit-il doucement. Je n'ai pas de mauvaises intentions.

Bryna se détourna vers la vitre pour cacher ses larmes. Quelle émotivité, en ce moment ! Un rien la faisait pleurer : un film triste à la télévision, une belle histoire d'amour, des parents avec leur enfant dans un jardin...

— Tu paraissais très fière de ton petit, en le regardant sur l'écran, continua Raff.

— C'est un tel miracle...

Comment aurait-il pu comprendre ses sentiments ? S'ils avaient été plus proches l'un de l'autre, elle lui aurait peut-être révélé le drame de son adolescence, et les années de vide qui lui avaient succédé. Mais l'abîme entre eux se creusait un peu plus chaque jour...

— Bryna... Est-ce vraiment trop tard pour nous ?

Elle eut juste le temps d'apercevoir la tristesse de son regard, avant qu'il ne reporte son attention sur la route.

— Que veux-tu dire ?

Elle se méfiait.

— Nous sommes mari et feme, nous aurons un bébé dans moins de cinq mois... Ne crois-tu pas que nous pourrions tenter d'arranger les choses ?

C'était ce qu'elle souhaitait de tout son cœur. Mais s'il continuait à la croire infidèle, comment serait-ce possible ?

— Et Curt ? s'enquit-elle.

— Je ne peux pas changer le passé ; mais je sais que tu fais un effort et que tu ne l'as pas revu depuis votre déjeuner au restaurant.

C'était vrai : elle n'avait pas voulu aggraver la situation. Mais comment Raff le savait-il ?

— Tu as interrogé Curt ? demanda-t-elle pleine d'espoir.

Elle aurait tant aimé que les deux hommes se réconcilient !

— Non.

— Alors comment peux-tu... ? Raff, non ! s'écria-t-elle, prise d'un doute affreux. Tu ne m'as pas fait suivre, tout de même !

Il releva la tête, arrogant.

Elle détestait l'idée d'avoir été espionnée ainsi.

— J'espère qu'il a bien été payé, au moins ! jeta-t-elle, dégoûtée.

Quelle tâche ingrate, que de surveiller une femme dans ses allées et venues entre son domicile et son lieu de travail !

— Bryna...

— Ne me touche pas ! s'exclama-t-elle en repoussant la main qui s'approchait d'elle. Ramène-moi à mon bureau, j'ai encore à y faire.

Il fronça les sourcils.

— Mais il est six heures passées !

— Je prends l'exemple de mon mari : « J'ai un dossier urgent, je rentrerai tard ».

Elle savait bien que, pour Raff, cette excuse n'était qu'un mensonge, et quand il lui téléphonait pour la prévenir qu'il ne dînait pas, à cause d'un de ces fameux « dossiers urgents », elle brûlait de lui dire qu'elle n'était pas dupe.

— Avertis vite ton actuelle maîtresse que tu la feras suivre dès que tu douteras d'elle.

— Je n'ai pas de maîtresse, Bryna ; tu n'as été surveillée que depuis ton dernier rendez-vous avec Curt.

— Pourquoi ? gémit-elle. Ne pouvais-tu pas avoir confiance, tout simplement ?

— Ecoute, le jour où tu as repris ton travail, tu n'as rien eu de plus pressé que d'aller le rejoindre. Que devais-je penser ?

— As-tu réellement *pensé* ces derniers temps ? J'en doute ! murmura-t-elle en secouant tristement la tête.

— Bryna, j'ai enduré les liaisons de Josey...

— Toi aussi, tu en avais !

— Oui, concéda-t-il. Mais pour moi, les choses étaient claires : les femmes que je rencontrais savaient que notre histoire ne durerait qu'une nuit ; elles n'attendaient rien de plus. Josey, elle, se comportait autrement : elle s'impliquait totalement avec ses amants et ne restait à la maison qu'à cause des enfants.

— Comme vous avez dû être malheureux, tous les deux ! Quel gâchis !

Il hocha lentement la tête.

— Oui, un beau gâchis. Et je ne veux pas que cela se reproduise. Nous étions heureux, Bryna, nous pourrions encore l'être...

— Si tu comptes y parvenir en me faisant filer et en m'évitant au maximum !

— Je travaillais le soir parce que je n'avais aucune raison de rentrer. Mais nous pourrions tout recommencer. Dès ce soir.

— Et ton espion, où le mets-tu ?

— Je le renvoie chez lui. Je te le promets.

Elle était tentée, vraiment très tentée. Malgré tout ce qu'elle subissait à cause de lui, elle continuait à l'aimer passionnément. Et peut-être, s'ils arrivaient à se rapprocher l'un de l'autre, réussirait-elle à le convaincre de son innocence ? Il renouerait avec Curt, et tout serait presque comme avant.

— D'accord.

— Alors lançons-nous, n'hésitons pas une seconde.

— Et que se passera-t-il la prochaine fois que je rencontrerai Curt ? J'ai des contrats en cours avec lui.

Raff serra les dents.

— Il faut que je me fasse à cette idée. Si tu me jures qu'il n'y a rien entre vous, je te croirai.

— Pourtant jusqu'à présent, tu ne m'as jamais crue, observa-t-elle, amère.

— Ma confiance a beaucoup souffert, ces derniers mois, c'est tout, dit-il en soupirant. Nous apprendrons à vivre avec.

Avaient-ils une chance? Elle en doutait. Mais c'était leur ultime recours: s'ils ne réagissaient pas, leur couple serait définitivement perdu. Et encore... Il ne s'agissait pas de reconstruire un amour, de retrouver leur intimité et leur désir! Non, il s'agissait seulement de vivre en bonne intelligence. Quelle base, pour un mariage! Mais que possédaient-ils d'autre?

— Bien entendu, nous continuons à dormir chacun de notre côté, déclara-t-elle sombrement. Ton comportement à mon égard nous a rendus complètement étrangers l'un à l'autre. On ne fait pas l'amour à une femme qu'on espionne.

— Je comprends parfaitement tes raisons. Peut-être, avec le temps, retrouverons-nous notre intimité... Pour l'instant, nous repartons à zéro. Comme deux étrangers que nous sommes.

— Notre fils, ou fille, ne sera peut-être pas d'accord!

Raff répondit à son sourire taquin par une grimace amusée... Leur premier instant de complicité depuis des mois. En le voyant sourire, elle comprit à quel point il était tendu; la lassitude que l'on lisait sur son corps, l'expression de son visage montraient qu'il était aussi malheureux qu'elle.

— Enfin, presque comme deux étrangers, rectifia-t-il. T'ai-je dit combien tu étais belle, enceinte? ajouta-t-il.

Jamais, bien sûr: depuis le moment où sa grossesse commençait à se voir, il ne lui adressait plus la parole. Elle rosit de plaisir, ce qui eut pour effet de la rendre plus jolie encore.

Malgré le temps qu'ils passaient à se parler, à rire et à

vivre de nouveau ensemble, un malaise subsistait entre eux, qui ne se résorbait pas.

En dépit de leurs nombreuses obligations professionnelles, ils s'arrangeaient pour se retrouver souvent à l'heure du déjeuner, et passaient toutes leurs soirées ensemble. Ils devinrent de véritables amis, beaucoup plus proches qu'ils ne l'avaient jamais été : la passion les avait emportés si rapidement dans son tourbillon, au début, qu'ils n'avaient pas vraiment pris le temps de se connaître. A leur grand étonnement, ils se découvraient chaque jour de nouveaux points communs. Raff se mit même à parler de son travail ! Une révolution.

Pourtant, cette tension sous-jacente ne disparaissait pas. C'était surtout physique : Bryna sursautait ou se mettait à trembler si par hasard son mari la frôlait. De son côté, Raff se raidissait et s'assombrissait au moindre contact accidentel.

Ils se désiraient. Ils se désiraient même si fort que cela commençait à affecter leur harmonie toute neuve. Bryna, plus perdue que jamais, se demandait avec angoisse comment tout cela finirait.

La première fois qu'ils sortirent ensemble « dans le monde », ce fut pour se rendre chez Kate, qui pendait la crémaillère.

— J'espère qu'elle a fait des progrès, depuis le temps où elle me servait du riz entouré de pommes de terre ! remarqua Raff en riant, tandis qu'ils rejoignaient le quartier qu'elle habitait désormais.

Bryna éclata de rire.

— Que âge avait-elle, à cette époque glorieuse ?

— Neuf ans. Josey venait de disparaître, elle essayait de la remplacer, la pauvre chérie. Bien sûr, Paul et moi avons tout avalé sans broncher !

La jeune femme sourit.

— Elle s'est très bien débrouillée, lors de la préparation du repas de Noël! Je pense qu'elle a appris entretemps.

— Espérons-le! Tu sais... Je ne t'ai jamais vue aussi belle.

Il couvrit sa main de la sienne. Elle n'osa pas lui dire, elle aussi, son admiration. Pourtant, elle le trouvait merveilleux: il suffisait qu'elle le regarde pour que son cœur se mette à battre plus fort. Et cette sensation, loin de s'estomper, s'amplifiait de jour en jour.

Ses compliments lui procuraient un immense bien-être, la rassuraient sur une apparence dont elle commençait à douter. A mi-chemin de sa grossesse, sa taille s'arrondissait, elle n'entrait plus dans ses robes. Malgré la beauté des vêtements amples achetés en compagnie de Raff, elle ne se sentait pas au mieux de son charme.

Le profond décolleté de Brenda éveilla en elle une sourde nostalgie: avec sa tenue très large, elle avait l'impression d'être vêtue d'un sac. « Chaque âge a ses plaisirs! » se dit-elle finalement pour se réconforter. Elle n'aurait contre rien au monde échangé son bonheur de future mère!

Tout en servant l'apéritif, Kate souriait, espiègle.

— J'ai acheté ces bouteilles tout à l'heure seulement, papa, ne t'inquiète pas. Je n'allais tout de même pas vous servir de la limonade!

— Humm! Il ne manquerait plus que ça: ma fille alcoolique! Boire abîme la peau, entre autres méfaits; ce serait dommage, quand on a un teint comme le tien!

Il prit le verre qu'elle lui tendait, et le leva en direction de Brenda.

— A votre jeunesse, à votre beauté!

Ce toast, plus formel que galant, fut aussitôt interprété par la grande rousse comme une invitation au flirt. Kate parut vite exaspérée par ses minauderies.

— Viens, je vais t'aider dans la cuisine, proposa gentiment Bryna.

— Elle est vraiment incroyable ! maugréait la jeune fille tout en mettant une dernière main au repas. Je lui ai demandé de bien se tenir ce soir, elle me l'a promis... et voilà qu'elle se jette à la tête de papa alors que vous êtes à peine arrivés.

La mine dégoûtée de Kate provoqua l'hilarité de Bryna.

— Ne t'inquiète pas, ton père n'a aucune arrière-pensée, lui.

— Ce n'est pas lui qui me préoccupe, c'est elle ! Elle ne se refuse rien ! On dirait une gamine qui s'empare de tout ce qui lui plaît, sans se poser la moindre question.

De toute évidence, Kate ouvrait les yeux sur la nature égoïste de Brenda.

— Comment la cohabitation se passe-t-elle ? s'enquit Bryna d'une voix aussi neutre que possible.

— Oh, tu sais... laissa-t-elle tomber avec un haussement d'épaules. Ça peut aller, nous ne nous entendons pas trop mal.

Comme l'enthousiasme du début de leur amitié paraissait lointain ! Mais Bryna garda cette réflexion pour elle, de peur de vexer Kate.

Lorsqu'elles retournèrent au salon, Paul venait d'arriver en compagnie de Lynn, son amie. Roger Delaney et un autre jeune homme, le nouveau flirt de Brenda, étaient déjà installés. Bryna comprit vite que, comme elle, Raff se sentait très dépaysé au milieu de ces six jeunes gens.

Un peu avant huit heures, la sonnette de la porte d'entrée retentit encore une fois. Kate se leva d'un bond pour aller ouvrir.

— Je ne voulais pas que vous soyez trop perdus, ce soir ! leur lança-t-elle sur un ton taquin : j'ai invité un autre vieux !

Bryna sut avant qu'il n'entre quel était le dernier invité de Kate. Curt. Du regard, elle implora son mari : à la façon dont il s'était raidi en apercevant son soi-disant rival, elle le sentait prêt à le mettre dehors. Quand il eut remarqué l'expression de sa femme, un peu de sa froideur le quitta. Kate, ravie et excitée comme une petite fille, se tenait devant lui ; il ne pouvait pas provoquer un esclandre sans la bouleverser.

— Et voilà ! triompha-t-elle. Oncle Curt avait convié une amie à l'accompagner, mais la pauvre est tombée malade.

Elle glissa son bras sous celui du nouveau venu, et lui adressa un clin d'œil complice.

— Tu n'as pas pu te débrouiller pour en trouver une autre ? ricana Raff volontairement blessant. Tu me déçois.

— Je pensais qu'avec toutes les beautés présentes ici ce soir, je pourrais partager ! rétorqua Curt sous l'effet de la colère.

Kate, en parfaite maîtresse de maison, intervint pour détendre l'atmosphère.

— Viens donc t'asseoir à côté de moi, oncle Curt ! proposa-t-elle d'une voix légère.

— Alors cesse de m'appeler « oncle » !

Roger passa un bras possessif autour des épaules de Kate.

— Elle vous a simplement offert de vous asseoir à côté d'elle ! fit-il remarquer en souriant.

Son geste troubla la jeune fille : rouge de confusion, elle jeta à son père un coup d'œil inquiet. Bryna le regarda aussi... Jaloux de sa fille comme elle le connaissait, elle craignait qu'il ne réagisse mal au geste amoureux de Roger. Elle aurait dû comprendre que l'agréable jeune homme ne lui déplaisait pas ; c'était un grand garçon brun au regard chaleureux, qui étudiait l'histoire pour devenir professeur. De toute évidence, Raff l'aimait bien.

— Tu vois, dit-il à Curt en imitant Roger, et en serrant

sa femme contre lui, tu aurais dû trouver une remplaçante, personne ici n'a envie de partager.

— Oh, Flip voudra bien ! déclara soudain Brenda.

Elle sourit à Curt, aguicheuse, et se pressa contre lui.

Flip voulait bien n'importe quoi, cela devint rapidement clair pour tout le monde ; personnage tranquille, il était dépassé par la vitalité de sa conquête. Durant tout le repas, où cette dernière monopolisa Curt sans aucun scrupule, Bryna fit de son mieux pour inclure Flip dans une conversation qu'elle ne laissa pas faiblir : Raff n'ouvrit pas la bouche de tout le repas, et elle ne voulait pas qu'une atmosphère trop pénible s'installe. Elle craignait aussi que, d'un seul coup, au milieu d'un silence, il ne se mette à injurier Curt. Elle préférait que l'occasion ne se présente pas. Que de stress pour une femme enceinte ! Le médecin, satisfait jusque là de son état, s'inquiétait tout de même un peu des caprices de sa tension ; la situation de ce soir n'arrangerait sûrement rien.

— Je suis désolé.

Elle releva la tête. Curt venait de la rejoindre sur le sofa, tandis que Kate servait les digestifs. Raff, à l'autre bout de la pièce, versait un verre de jus d'orange pour sa femme. Elle chercha aussitôt son regard, affolée... Il était impénétrable. Elle finit par se détendre : elle n'allait pas interdire à Curt de s'asseoir à côté d'elle ! Entrer dans le jeu de Raff lui paraissait absurde.

— Je n'aurais jamais dû venir ce soir ; je savais que vous étiez là... Mais je n'ai pas eu le cœur à décevoir ma petite Kate : elle a tant insisté !

D'un sourire compréhensif, Bryna dissipa le malaise de son ami.

— Comment allez-vous, Curt ?

— Bien. Vous, vous êtes splendide.

— Je me sens en pleine forme, c'est vrai.

Il la regardait attentivement.

— Je me suis inquiété pour vous: je n'avais aucune nouvelle.

— Cela va bien mieux, Curt. La preuve, c'est que je n'ai pas eu besoin de me réfugier auprès de vous!

— Vous voulez dire que... Vous vous êtes réconciliés?

Elle hocha la tête.

— Aussi bien que nous le pouvons, oui.

— Alors, vous êtes heureuse?

Oui, elle était heureuse. Pas euphorique, bien sûr, mais les nouveaux rapports instaurés entre elle et Raff ces dernières semaines l'emplissaient d'une grande paix intérieure. Elle savait qu'il lui donnerait tout ce dont il était capable, même s'il ne s'agissait pas de l'amour dont elle rêvait; cette certitude la comblait.

Son regard traversa la pièce: elle s'étonnait du temps qu'il mettait à revenir auprès d'elle. Il discutait à bâtons rompus avec Roger Delaney et les ignorait délibérément.

— Oui, je suis heureuse, Curt, répondit-elle tranquillement.

Il lui sourit, puis s'assura d'un coup d'œil que Raff ne les écoutait pas. Il se trouvait toujours à l'autre bout du salon.

— J'ai à vous parler, Bryna; je crois savoir pourquoi Raff vous soupçonne ainsi.

Le cœur de la jeune femme s'arrêta de battre.

— Si vous avez du nouveau, j'aimerais être tenue au courant...

Curt fronça les sourcils:

— Cette idée m'est venue lorsque je l'ai vu avec Raff au restaurant, le jour où il nous a « surpris ». Je l'avais déjà aperçu à plusieurs reprises, tandis que nous déjeunions ou dînions ensemble, et il aurait pu...

— Qui « il »? demanda-t-elle, impatiente.

— L'assistant de Raff. Quel est son nom déjà? Ah oui, Hillier. Je me suis toujours dit qu'il s'agissait d'un hasard; mais quand vous m'avez raconté que d'après

Raff, « on » nous avait vus ensemble, cela m'a fait réfléchir. Hillier pourrait être celui qui nous espionnait.

— Pourquoi l'aurait-il fait ?

Curt secoua la tête.

— Je n'en sais rien.

Stuart Hillier? Elle n'avait jamais apprécié cet homme, mais de là à l'accuser... A moins que Raff l'ait chargé de cette détestable mission? Il lui avait promis que la filature durait depuis peu, mais peut-être mentait-il ? La coïncidence était troublante.

— Croyez-vous que Raff ait pu...? commença-t-elle, la gorge serrée.

Il acquiesça lentement.

— A mon avis, oui; c'est de lui que viennent les ordres.

Bryna détourna les yeux, luttant contre les larmes.

Tout ce qu'avec Raff ils avaient construit durant les semaines passées s'écroulait: il doutait d'elle depuis le début, il ne lui avait jamais accordé une miette de sa confiance. Leurs relations reposaient sur le mensonge.

Curt lui tapota gentiment la main, un sourire triste aux lèvres.

— Je suis vraiment désolé, Bryna. J'ai pensé qu'il valait mieux vous mettre au courant.

Il avait eu raison: elle désirait Raff si fort, depuis quelque temps... Pendant le trajet en voiture, tout à l'heure, elle avait décidé que ce soir, en rentrant, elle ferait les premiers pas pour reconquérir leur intimité. Les révélations de Curt venaient à temps pour l'empêcher d'agir follement. Raff n'était pas sincère. Il suivait seulement le conseil du médecin : « Les femmes heureuses ont toujours des grossesses sans problème ». Et de façon tellement entière qu'il était prêt, pour un temps, à oublier leur différend.

Mais que se passerait-il après la naissance ? Retourneraient-ils à la froideur, à l'indifférence ?

— Tiens, Bryna.

Raff apparut à ses côtés, le verre de jus d'orange à la main. Etait-ce pour la tester qu'il l'avait si longtemps laissée avec Curt ?

— Ma chérie, que tu es pâle ! ajouta-t-il avec un regard accusateur en direction de Curt.

« Ma chérie ». Et sa gentillesse. Du vent ! Que du vent !

— J'aimerais rentrer, si tu n'y vois pas d'inconvénient, déclara-t-elle.

— Entendu. Je préviens Kate, et nous partons.

Ils eurent bientôt regagné la Jaguar. La complicité amicale de l'aller avait disparu. Bryna, perdue et misérable, ne disait rien. Raff, le visage fermé, semblait nourrir de sombres pensées.

— On dirait que Kate a appris à cuisiner, depuis le temps, remarqua-t-il soudain, comme si le silence lui était devenu insupportable. L'avocat au crabe, le poulet au citron, les gâteaux maison... Un repas délicieux, tu ne trouves pas ?

— Oui.

Son laconisme ne découragea pas son mari.

— Et que penses-tu de Roger ?

— Il est très gentil.

— Et pas bête du tout.

Bryna attendit... Mais aucune question sur sa conversation avec Curt ne vint, et ils retombèrent dans le silence.

A peine arrivée, Bryna monta directement se coucher, laissant à Raff le soin de fermer la maison. Elle sentit sur elle son regard perplexe, tandis qu'elle gravissait les premières marches, mais ne se retourna pas.

Quelques minutes plus tard, il la rejoignait dans sa chambre. Elle n'en fut pas étonnée : elle savait qu'il viendrait frapper et l'attendait, assise sur son lit, sans même avoir ôté son manteau.

— Laisse-moi t'aider.

Raff la mit debout et enleva doucement son manteau avant de défaire la fermeture de sa robe. Bryna ne résista pas ; elle se laissait faire, molle comme une poupée de chiffons.

— Que t'a dit Curt, pour te mettre dans cet état ? finit-il par demander.

Elle était debout, nue devant lui, mais elle s'en moquait : toute l'attirance qu'elle éprouvait pour lui depuis quelques semaines avait disparu à la seconde où elle apprenait sa traîtrise.

— Rien, déclara-t-elle d'une voix atone.

Il serra les lèvres.

— Pourtant, tout allait bien jusqu'à ce qu'il vienne te parler !

— Peut-être...

Il l'attrapa par le bras.

— Bryna, regarde-moi !

Elle releva ses paupières, qui lui semblaient lourdes... Raff n'avait pas changé : beau, attirant, sûr de lui... Mais pour la première fois depuis leur rencontre, il lui était complètement indifférent.

— Bryna !

L'abattement devint perceptible dans sa voix quand il s'aperçut du vide complet de son regard.

— J'ai envie de toi, Bryna !

Il la secoua légèrement, comme pour l'éveiller.

— J'ai envie de toi !

— Qu'y puis-je ? murmura-t-elle, lointaine.

— Mon Dieu ! gémit-il d'une voix blessée.

Il la secoua encore, puis se pencha sur elle pour l'embrasser avec une violence désespérée.

Son étreinte puissante, la caresse de ses mains sur sa peau, surent réussir là où les mots avaient échoué. La jeune femme sentit ses défenses tomber une à une, et elle s'abandonna contre Raff avec un frisson d'impatience. Sa propre faiblesse la dégoûtait ; mais elle avait tant besoin d'un peu de chaleur ! Cela faisait trop longtemps qu'elle se privait de l'extase que seuls leurs corps savaient se donner. Aussi cessa-t-elle de penser pour ne plus écouter que son désir.

Raff avait ôté ses vêtements et allongé sa femme sur le lit avant de se coucher près d'elle ; Bryna gémit de plaisir lorsque leurs corps s'unirent, s'offrant tout entière à celui qu'elle aimait ; n'était-ce pas le seul moyen d'expulser les démons et les doutes de son esprit ?

Jamais ils n'avaient fait l'amour avec autant de passion, autant de fougue et de désespoir. Les larmes ruisselaient sur les joues de la jeune femme, tandis qu'apaisés, ils se reposaient dans les bras l'un de l'autre. Larmes bienfaisantes, larmes qui exorcisaient tous les chagrins passés. Raff la berçait tendrement.

— Maintenant, dis-moi ce que Curt t'a raconté pour te bouleverser ainsi ?

Elle savait qu'il reposerait sa question ; elle aurait souhaité que leur silence dure un peu plus, elle aurait voulu échapper au monde quelques instants encore... Mais elle se sentait plus forte aussi, capable d'affronter la réalité. Elle regarda Raff droit dans les yeux.

— Est-ce Stuart Hillier qui t'a informé de ma soi-disant liaison avec Curt ?

Il fronça les sourcils.

— Quelle différence cela fait-il ?

— C'est important pour moi.

C'était lui ; à l'expression troublée de son mari, elle comprit que Curt avait vu juste.

Elle s'assit :

— Je... Oh, mon Dieu !

Elle crut se trouver mal en regardant le lit : entre eux, sur le drap couleur crème, elle venait d'apercevoir une large traînée de sang.

— Je saigne, Raff ! s'écria-t-elle, affolée. Je perds mon bébé !

9.

Raff se pencha vers elle ; il était très pâle, et un pli soucieux barrait son front :

— Le médecin prescrit une semaine de repos, ici, à l'hôpital. Ensuite, si tout va bien, tu pourras rentrer à la maison ; mais pas question de reprendre le travail !

Bryna ne se rebella pas : s'il le fallait, elle resterait couchée jusqu'au jour de l'accouchement pour assurer à son bébé une bonne santé et une naissance sans problème. Elle aurait fait n'importe quoi pour la vie de cet enfant.

Raff n'avait pas perdu une seconde : à peine avait-il compris ce qui se passait qu'il l'enveloppait dans un drap, la descendait dans ses bras et la couchait dans la voiture pour l'emmener à l'hôpital. Ils s'y trouvaient maintenant depuis presque deux heures. Les médecins avaient stoppé l'hémorragie et constaté qu'elle ne s'agissait pas d'une fausse couche. Raff n'avait pas quitté Bryna un seul instant. Si les internes de garde s'étaient étonnés de voir arriver un homme portant dans ses bras une femme enceinte complètement nue, ils ne l'avaient nullement montré, et avaient accompli leur travail avec calme et efficacité.

Maintenant que le danger était passé, qu'elle commençait à s'apaiser, Bryna se disait qu'elle avait bien lu la vérité dans les yeux de Raff, juste avant que ses saignements ne les interrompent : Stuart Hillier était l'homme qui l'avait « dénoncée » à Raff.

— Je suis désolé.

Elle jeta un coup d'œil à son mari. L'angoisse qu'elle percevait dans sa voix la surprit ; comme il semblait meurtri, inquiet... Ces dernières heures l'avaient épuisé, lui aussi.

— C'est fini, à présent, le rassura-t-elle.

— Mon Dieu, je l'espère !

Il prit sa main et la serra doucement ; dans ses vêtements de soirée ramassés à la va-vite, il lui paraissait irréel, comme sorti d'une pièce de théâtre.

— Nous n'aurions jamais dû faire l'amour, soupira-t-il.

En son for intérieur, Bryna acquiesça... mais pour d'autres raisons : dans ses bras, elle avait compris que, malgré tout le mal qu'il lui faisait, elle l'aimait trop pour lui refuser quoi que ce soit. Fallait-il qu'elle ait des tendances masochistes, pour continuer à l'adorer avec cette force !

— Cela n'a rien à voir, le docteur l'a dit.

Elle rougit en repensant aux questions embarrassantes du jeune médecin. Elle avait eu l'impression que, dans le milieu médical, une femme enceinte n'avait droit à aucune intimité.

— Alors, c'est d'avoir revu Curt.

Elle haussa les épaules.

— C'est plutôt de savoir que tu préfères croire les mensonges d'un homme presque inconnu, que les affirmations de ta propre femme !

La colère montait en elle ; ses yeux mauves s'assombrirent, un léger tremblement s'empara de ses mains.

— Ne nous disputons pas maintenant, Bryna.

— Ni maintenant ni jamais non plus ! rétorqua-t-elle, cinglante. Puisque tu as décidé une fois pour toutes qui mentait et qui racontait la vérité, la discussion est close. Bien, je crois que le médecin m'a imposé le repos.

Raff semblait touché par ses paroles, et plus encore par la froide détermination qui s'en dégageait.

— Laisse-moi t'expliquer, commença-t-il doucement.

— Il faut que je me repose, répéta-t-elle en le regardant avec froideur.

Il poussa un profond soupir.

— Bryna, Bryna... Je... Tu comptes pour moi, tu sais. Si jamais il était arrivé quoi que ce soit...

— Au bébé ? Ne t'inquiète pas, Raff, je ne l'aurais pas laissé partir si facilement ! Je le désire probablement plus que toi.

Car ce serait sûrement le seul qu'elle aurait : le miracle ne se reproduirait pas deux fois.

— Je doute que ce soit possible. Allez, endors-toi, maintenant.

Il se pencha pour poser un baiser sur son front... et eut un mouvement de recul en la voyant se dérober.

— Je veux que tout se passe bien pour notre enfant... mais comme j'aurais préféré que tu ne sois jamais enceinte !

La jeune femme releva le menton, agressive.

— Crois-moi, si j'avais imaginé une seule seconde que je pouvais devenir mère, jamais je ne t'aurais choisi pour m'accompagner dans cette aventure.

Elle regretta aussitôt ces paroles, prononcées sous le coup de la colère : Raff allait encore interpréter !

Il resta silencieux un instant, comme choqué par ce qu'il venait d'entendre.

— Que veux-tu dire ? demanda-t-il enfin.

— Rien, cela n'a pas d'importance.
— Que veux-tui dire?
Elle le regarda droit dans les yeux.
— Adolescente, j'ai subi une opération qui m'a soi-disant rendue stérile. Voilà pourquoi je n'ai jamais pris de précautions: je ne me sentais pas concernée par les risques de grossesse.
Il se laissa tomber sur la chaise, à côté de son lit.
— Moi qui pensais que tu n'aimais pas les enfants, que tu craignais les responsabilités, l'engagement qu'en avoir impliquait... Je n'aurais jamais deviné que...
Il la regarda sombrement.
— Cela vous faisait un autre point commun, avec Curt.
Elle haussa les épaules.
— Quel beau couple nous aurions formé, n'est-ce pas!
— Est-ce pour cela que...
— Que quoi?
Il garda le silence.
— Que quoi, Raff? insista-t-elle.
Enfin, il se lança:
— Que tu m'as choisi au lieu de Curt?
— Que... Mais tu es vraiment fou! Je ne savais pas qu'il était stérile, c'est toi qui me l'as appris! J'imagine qu'il ne parle pas de ses problèmes personnels à toutes ses relations professionnelles! Tu penses que je lui aurais posé la question avant de décider si j'allais devenir ou non sa maîtresse? En me croyant moi-même incapable d'enfanter? Tu me fais douter de tes capacités intellectuelles, Raff!
— Excuse-moi, murmura-t-il, visiblement écœuré de lui-même. Je ne sais pas ce qui se passe, je...
— Moi, je le sais: tu as décidé de penser le pire de moi; tu me prêtes des intentions que je n'ai jamais eues, des calculs sordides quant aux raisons qui m'ont poussée à t'épouser... Eh bien, peut-être que ceci va t'aider: je ne

serais jamais devenue ta femme si je n'avais craint que tu me prennes mon enfant !

Elle respirait difficilement, tant la douleur l'oppressait. Raff, muré dans le silence, l'observait, sombre.

— Je suis désolée, monsieur Gallagher...

Une jolie infirmière venait d'entrer.

— Votre femme doit se reposer, à présent. Et vous aussi ; il est deux heures du matin... Je sais par expérience que les futurs pères ont besoin de dormir autant que leur femme !

Ses paroles ne provoquèrent pas le sourire attendu. Elle fronça les sourcils.

— Allons, le danger est passé, maintenant, dit-elle d'une voix douce.

Oui, le danger était passé ; mais leur chance de trouver le bonheur aussi.

Il aurait fallu conclure la discussion une autre fois, quand ils se seraient retrouvés seuls...

Mais par un curieux concours de circonstances, l'occasion ne se présenta jamais. Désormais, à chaque visite, Kate ou Paul accompagnaient leur père : les deux jeunes gens s'inquiétaient beaucoup pour Bryna et pour la santé de l'enfant. L'incident avait eu au moins ceci de bon : il les avait rapprochés du bébé.

Bryna eut beaucoup d'autres visites : ses parents affolés firent le voyage d'Ecosse ; plusieurs mannequins et amis avec lesquels elle travaillait passèrent en coup de vent. Gilly, elle, vint à peu près chaque jour.

Un après-midi, elle eut la surprise de voir arriver Curt ; avant l'heure normale des visites, car de toute évidence il n'avait pas envie de tomber sur Raff.

— Tenez ; elles me rappellent la beauté de vos yeux, dit-il en lui offrant un bouquet de violettes délicieusement parfumées.

Très émue, la jeune femme caressa les pétales délicats.

— Merci, Curt, murmura-t-elle, les yeux pleins de larmes

— Hé, je suis là pour vous remonter le moral, pas pour vous voir pleurer!

Il approcha une chaise du lit, et s'assit avec une grimace irrésistible.

— Alors? La nourriture?

Malgré elle, Bryna éclata de rire.

— Il paraît que c'est la question essentielle à poser à un malade hospitalisé: on dit toujours qu'on mange affreusement mal dans ce genre d'endroits. Voulez-vous que je vous fasse livrer des plats exotiques?

— Non, vous êtes gentil: je suis bien traitée. Mais comment avez-vous su...

— Par Kate, évidemment. Elle m'a raconté votre peur à tous... Comment vous sentez-vous?

Les saignements avaient disparu, la tension était régulière; les médecins semblaient satisfaits.

— J'ai eu une belle frayeur, mais tout va bien à présent.

Il paraissait plus vieux soudain; comme écrasé par un douloureux fardeau.

— Bryna... Je ne supporterais pas l'idée d'être à l'origine d'un accident. Si j'avais, indirectement ou non, provoqué la perte de cet enfant...

— Mais non, Curt, vous n'y êtes absolument pour rien, lui promit-elle. Et puis tout danger est écarté désormais.

Pauvre Curt! Comme il était vulnérable, quand on abordait ces sujets!

— Curt... Quand l'enfant sera là, j'aimerais que vous soyez son parrain.

Il fronça les sourcils.

— Qu'en pensera Raff?

— Rien. Cela ne le regardera pas.

Il lui jeta un regard étonné : quelle véhémence dans sa voix d'ordinaire si douce !

— Vous l'avez quitté ?

— Je... Non, pas encore. Je n'ai pas pu le lui dire, mais je... J'ai l'intention de partir. Et je veux que vous soyez le parrain de mon enfant.

Curt la dévisagea avec attention, les traits marqués par la tristesse.

— Il vous l'a dit, n'est-ce pas ? s'enquit-il d'une voix sourde.

Sans le vouloir, elle l'avait heurté.

— Curt...

Il se leva, le visage soudain fermé.

— Ce n'est pas grave. J'imagine dans quelles circonstances il vous a révélé mon... infirmité.

Il soupira profondément.

— Je dois partir à présent.

— Oh Curt, non ! supplia-t-elle en tendant le bras vers lui. Je suis désolée : je n'avais aucune intention de vous blesser, bien au contraire !

— Ne vous inquiétez pas, Bryna. J'ai accepté ma stérilité depuis des années déjà, répondit-il, amer.

— Beaucoup de femmes seraient heureuses de vous avoir pour mari, et d'adopter un enfant !

— Beaucoup ! Vous me semblez plutôt optimiste sur la nature des femmes !

— C'est pour cela que vous avez décidé de rester célibataire ?

Cela ressemblait étrangement à sa propre histoire...

— Je n'ai rien choisi, rectifia-t-il. La vie a décidé pour moi.

— Enfin, Curt, il existe de nombreuses femmes, actuellement, qui ne désirent pas d'enfants !

— Oui, des femmes égoïstes qui refusent de donner d'elles-mêmes, de leur temps, de leurs ambitions... Ce n'est pas une femme comme cela dont je rêve.

— Je vous dérange?

Alyson se tenait sur le seuil, hésitante. Son regard devint lumineux lorsqu'elle aperçut l'homme qui l'avait tant fascinée lors du mariage de Bryna. Qu'elle était belle avec sa chevelure noire, ses yeux verts et sa silhouette élancée!

— Oh, c'est vous! Je vous en veux, vous savez: vous ne m'avez pas appelée depuis le soir de la fête, comme vous me l'aviez promis.

Curt se détendit un peu, et sourit à Bryna avant de se tourner vers la nouvelle venue.

— Il n'est pas trop tard pour me rattraper, j'espère. Je vous téléphone ce soir sans faute, vous êtes d'accord?

— Bien sûr! s'exclama Alyson, un sourire désarmant aux lèvres.

Il revint à Bryna, sombre de nouveau.

— Prenez bien soin de vous et du bébé; il ne faut pas risquer un autre accident...

— Curt, vous n'allez pas partir tout de suite?

Ils avaient encore tant à se dire!

— Je préfère ne pas rencontrer Raff. Je ne me sens pas d'humeur, aujourd'hui, à supporter ses regards noirs. Au revoir, Bryna, ajouta-t-il en se penchant pour l'embrasser. Soyez heureuse.

On aurait dit un adieu définitif. La gravité de son expression renforçait cette impression.

— Curt, vous...

— Il faut vraiment que je m'en aille. Et ne vous inquiétez pas pour moi, Bryna: je suis solide.

Après un rapide sourire à Alyson, il quitta la chambre. Bryna se laissa tomber sur l'oreiller. Elle était désolée d'avoir touché en lui un point sensible. A eux deux, Raff et elle ne l'avaient que trop malmené.

Alyson, embarrassée, s'assit au bord du lit, et posa une pile de magazines sur la table de chevet.

— Pardon de vous avoir dérangés... Je ne pouvais pas tomber plus mal, n'est-ce pas ?

La jeune femme se ressaisit, et secoua la tête.

— Tu ne nous as pas dérangés : tu vois bien, il devait s'en aller.

— Il m'a semblé... bizarre. Il ne ressemblait plus du tout au charmant séducteur du jour du mariage.

Bryna éclata de rire.

— Tu le traites de séducteur, et c'est toi qui lui demandes de t'appeler !

— Comme ça, c'est moi qui décide. Après cette fameuse soirée, d'ailleurs, j'ai été prise au piège par un sacré raseur !

Depuis que Bryna la connaissait, — elles avaient débuté ensemble leur carrière de mannequin —, Alyson avait eu plus de déboires que de joies, côté cœur.

— Tu te débrouilles toujours pour mal choisir, que veux-tu !

— Mais là, tu aurais pu me prévenir ! J'aurais évité le désastre d'une soirée avec lui !

— Comment pouvais-je te prévenir ? s'étonna Bryna.

— Oh, je sais qu'il travaille avec Raff. Tu devais savoir qu'il était infréquentable.

La jeune femme devint livide.

— Stuart Hillier t'a appelée ?

Non ! Raff aurait-il...

— Oui. Je ne voyais même pas de qui il s'agissait, se rappela Alyson avec un petit rire. Enfin, je me suis souvenue : il ne te quittait pas des yeux, le jour de tes noces. J'en avais conclu qu'il se consumait d'amour pour toi. Mais c'est moi qu'il voulait voir ; il est bel homme... Charmant même, quand il n'ouvre pas la bouche.

Bryna eut la sensation d'étouffer.

— Et de moi... A-t-il parlé de moi ?

Alyson fronça les sourcils.

— Un peu, oui. Rien de négatif, s'empressa-t-elle

d'ajouter. Je ne le lui aurais pas permis. Il a tout de même posé des questions que j'ai trouvées indiscrètes. Je lui ai dit de s'adresser à Raff... Cela lui a cloué le bec!

Bien sûr, puisque c'était Raff qui l'avait chargé d'interroger Alyson! Cette fois, il avait dépassé les bornes. Qu'il ait meurtri sa femme avec ses accusations non fondées, soit: qu'il ait renié son meilleur ami, passe encore; mais qu'il envoie son assistant soutirer à ses collègues des renseignements sur elle, c'en était trop! Cela ne pouvait plus durer.

Elle se força à sourire.

— Crois-moi, Curt est mille fois plus intéressant que Stuart Hillier. Que dis-je mille fois? Dix mille fois! En plus, c'est quelqu'un de très attachant, de très délicat.

— Oh, je m'en doute; cela se voit à son regard.

Elles bavardaient encore lorsque Raff arriva, un peu plus tard. Seul pour une fois. Bryna ne retint pas son amie, qui lui fit aussitôt ses adieux.

— Et ne t'inquiète pas pour l'agence! lança-t-elle sur le pas de la porte. Avec moi, cela marche comme sur des roulettes.

— Je te fais confiance, Alyson! Appelle-moi quand même si tu as le moindre problème.

Raff posa à côté des magazines une pile de livres et un gros paquet de bonbons. La jeune femme le regardait faire, glaciale.

Il avait maigri. Ses joues se creusaient, et dans ses yeux manquait la lueur habituelle. Etait-ce sa mauvaise conscience qui le minait? Non; la conscience de Raff Gallagher ne pesait pas bien lourd.

— Kate et Paul arriveront plus tard: ils sont allés te chercher un cadeau.

Il se tenait auprès du lit, maladroit, et ne cherchait pas comme les autres visiteurs à s'installer plus confortablement.

— Ils sont fous de m'offrir tant de choses! A chacune de leurs visites...

— Cette fois-ci, c'est pour te souhaiter la bienvenue à la maison, dit-il avec un sourire.

Un peu de gaieté revenait sur ses traits.

— Je viens de voir le médecin: tu peux rentrer demain.

Elle le savait: on le lui avait annoncé le matin même.

— Oui, murmura-t-elle.

Il fronça les sourcils.

— Tu n'as pas l'air heureuse.

— Je suis soulagée que le danger soit passé pour le bébé.

— Alors... Qu'est-ce qui ne va pas?

Bryna respira profondément, ce qu'elle allait faire ne lui plaisait pas, mais elle n'avait pas le choix.

— Je ne rentre pas, déclara-t-elle.

Une grande perplexité se dessina sur les traits de son mari.

— Pourtant... D'après le docteur tout va bien; la tension...

— Je sais. Je voulais dire que je ne rentrais pas *chez toi*.

— Chez moi... C'est chez nous, Bryna, rectifia-t-il, blessé. Et où iras-tu?

— En Ecosse, chez mes parents.

— Il n'est pas question que tu voyages!

Elle avait dit la première chose qui lui passait par la tête, pour gagner du temps. Ses plans n'étaient pas encore arrêtés. Elle savait seulement qu'elle devait le quitter.

— Alors je louerai un appartement, et je demanderai à ma mère de vivre avec moi quelque temps.

— Tu sais bien qu'à cette période de l'année, ton père a beaucoup de travail; qu'il ne peut pas se passer d'elle! Et puis tu n'as pas la force de déménager!

— Je trouverai un meublé! lança-t-elle, à court d'arguments. Je ferai n'importe quoi, mais je ne retournerai pas vivre avec toi!

Submergée par la douleur et la colère, elle respirait difficilement.

— Calme-toi, ordonna-t-il. Pense à ta tension.

— Pour le moment, je pense à moi, Raff. Notre vie commune est terminée, je ne veux plus rien avoir à faire avec toi.

— Est-ce une raison pour déménager? demanda-t-il doucement. Nous avons réussi une fois déjà à vivre sous le même toit comme deux étrangers. Nous pouvons retenter l'expérience!

Bryna secoua la tête.

— Je ne suis pas certaine d'y parvenir, cette fois-ci.

— Pourquoi pas?

— Parce que je n'ai plus confiance en toi, déclara-t-elle sèchement. Nous nous sommes mariés pour l'enfant, nous étions convenus qu'il n'y aurait rien de plus entre nous... Tu as trahi nos accords. Non, je n'ai pas confiance en toi.

— Pourtant, je peux te jurer que je ne m'approcherai plus jamais de toi, que je ne te toucherai plus. Je veux seulement te savoir en sécurité, Bryna.

Il fallait refuser, il fallait s'en aller aussi loin que possible de lui, de ses doutes, de son espionnage permanent... Mais ce n'était pas possible.

— Tu me promets de ne plus m'approcher?

— Oui, je te le promets. Et j'embaucherai quelqu'un pour prendre soin de toi. Tes parents seraient fous d'inquiétude si tu demandais à ta mère de rester près de toi.

— Très bien, mais je ne veux plus te voir, Raff. Et dès que l'enfant sera né, je partirai.

Elle le regarda durement, déterminée. Il acquiesça en silence: il acceptait sans se battre toutes ses conditions.

10.

Bryna était rentrée de l'hôpital depuis quelques jours seulement lorsqu'un soir, elle vit Kate pénétrer au salon, une valise à la main. La jeune femme posa le livre qu'elle lisait, étendue sur le divan, et regarda avec inquiétude sa belle-fille venir vers elle, en larmes. Elle ouvrit tout grands ses bras... Kate s'y précipita, pleurant de plus belle, et sanglota longtemps tandis que l'épouse de son père caressait ses boucles brunes d'une main maternelle et murmurait des paroles apaisantes. Patiemment, celle-ci attendit que le flot de larmes tarisse.

Enfin, la jeune fille essuya ses joues ruisselantes et se détacha de Bryna pour s'asseoir à ses pieds. Qu'elle semblait jeune, vulnérable ! Le cœur de la jeune femme se serra d'émotion.

— Alors, que s'est-il passé ? s'enquit-elle avec douceur.

Kate secoua la tête, et frotta ses yeux gonflés.

— Je ne devrais pas venir t'embêter, dans ton état...

— Mon « état », comme tu dis, c'est aussi d'être ta

mère, Kate. Une seconde mère. Je tiens très fort à toi, tu sais...

La jeune fille sourit faiblement.

— C'est vrai... Je pense à toi comme à une mère. Mais avec Paul, nous nous sommes dit que tu étais trop jeune pour que nous puissions t'appeler « maman ». Tu représentes plutôt une grande sœur...

Penser que les deux jeunes gens avaient discuté ensemble la possibilité de l'appeler « maman » la bouleversa.

— Les grandes sœurs sont des confidentes, non? dit-elle d'une voix douce pour l'encourager.

Les yeux baissés, Kate soupira:

— C'est à cause de Brenda.

Bryna s'en doutait. A vrai dire, elle s'étonnait même que la jeune fille ait supporté si longtemps sa colocataire.

— Veux-tu en parler?

Kate se leva, nerveuse. Une moue dégoûtée se peignit sur ses traits.

— Dire que je l'appelais mon amie! Elle n'avait aucune idée de ce que représente l'amitié.

— A-t-elle eu un comportement qui te déplaisait?

— Oh, j'arrivais à accepter son instabilité, son égoïsme, et même les hommes qu'elle recevait parfois. Mais je ne peux pas, je ne pourrai jamais tolérer qu'elle ait voulu séduire Roger!

C'était pire que ce que Bryna imaginait. L'attachement de Kate pour le charmant jeune homme était évident, elle s'en émouvait à chaque fois qu'elle les voyait ensemble.

— Et... y est-elle parvenue? interrogea Bryna, à contrecœur.

— Non! Bien sûr que non. Roger se fiche pas mal d'elle, il m'ai... Je veux dire, c'est moi qu'il préfère, avoua-t-elle en rougissant. Il est choqué comme moi de sa manière d'agir.

— Comment cela s'est-il passé exactement?

— Je suis sortie de cours plus tard que d'habitude; Roger a cru que j'étais déjà rentrée à l'appartement, et il s'y est rendu directement. Je suis arrivée juste au moment où Brenda essayait de l'embrasser. Visiblement, lui ne savait pas comment se débarrasser d'elle.

Ses yeux brillèrent de colère au souvenir de l'incident.

— Moi, je les regardais du pas de la porte... Enfin, il a réussi à se dégager, en la traitant de tous les noms. Il s'est même essuyé la bouche de la main! Bien sûr, dès qu'elle m'a aperçue, Brenda a accusé Roger d'avoir tenté de la violer; mais moi, j'avais assisté à la scène. Je n'ai pas pu rester une minute de plus: j'ai pris ma valise, et je suis partie. J'irai chercher le reste de mes affaires plus tard, conclut-elle en frissonnant.

— Et où se trouve Roger, maintenant?

— Oh... Il voulait m'accompagner, mais j'ai préféré affronter papa toute seule.

La jeune fille craignait ce moment, cela sautait aux yeux; d'abord parce qu'il lui faudrait lui parler de Roger, et lui révéler le degré de leur intimité. Ensuite parce qu'il lui reprocherait sûrement sa légèreté d'avoir choisi Brenda comme compagne. Il allait pouvoir triompher, et déclarer: « Je te l'avais bien dit! »

Raff se tenait strictement à ses promesses: il passait ses soirées dans son bureau sans même venir saluer Bryna quand il rentrait le soir. Et elle se félicitait de cet arrangement: elle n'aurait pas supporté qu'il lui fasse des politesses, vu les sentiments qu'elle lui portait désormais. Mais, pas plus que Kate, elle ne savait comment il réagirait à la nouvelle de la rupture des deux amies. Peut-être valait-il mieux qu'elle soit là, au moment où Kate lui parlerait...

Toutes deux sursautèrent en entendant claquer la porte d'entrée. Implorante, la jeune fille se tourna vers Bryna.

— C'est lui... Finalement, j'aimerais mieux que tu restes...

Bryna sourit.

— Ne tinquiète pas : je ne bouge pas.

Elles étaient assises côte à côte sur le canapé lorsque Raff, à grandes enjambées, traversa le salon pour gagner son bureau. Bryna pensait que, comme les autres jours, il ne tournerait même pas la tête dans sa direction.

Mais ce soir, il sentit l'autre présence et s'arrêta, jetant un coup d'œil vers elles. Il eut une exclamation en apercevant sa fille.

— Tiens ! Que fais-tu là ?

Kate parut sur le point de fondre en larmes.

— Elle a décidé devenir habiter quelque temps à la maison, déclara Bryna d'une voix légère.

Une expression perplexe se dessina sur le visage de son mari... puis il se détendit. Laissant tomber sa serviette sur une chaise, il se dirigea vers le bar.

— C'est une excellente idée, ma chérie. Combien de temps penses-tu rester ?

Il se versa à boire, après que les deux femmes eurent refusé son offre, et se tourna vers sa fille avec un grand sourire.

— Je... Je ne sais pas très bien.

— Ce n'est pas encore décidé, reprit Bryna. Peut-être jusqu'à la naissance du bébé... Elle me tiendra compagnie.

— Ce serait très gentil. Nous dînons tous les trois, si je comprends bien ?

— Je monte ma valise et je me change. A tout de suite !

Avant de quitter la pièce, Kate tapota l'épaule de Bryna comme pour la remercier de son soutien.

En s'installant face à sa femme, Raff soupira, préoccupé soudain.

— Qu'est-il arrivé, en fait ?

Tendue la jeune femme ne savait quelle contenance adopter. Ils se retrouvaient seuls, maintenant, et s'adressaient la parole pour la première fois depuis le matin où Raff l'avait ramenée de l'hôpital: c'était la première fois depuis ce jour qu'elle le regardait aussi. S'il semblait malade déjà à ce moment-là, il le paraisait bien plus à présent: le teint brouillé, les yeux sans éclat, des cernes sombres... Ses vêtements flottaient sur son corps amaigri.

Il fronça les sourcils.

— Bryna?

Elle respira un grand coup et chassa la compassion qu'elle sentait naître en elle: cet homme n'avait pas besoin que l'on s'inquiète pour lui.

— Brenda a voulu séduire le seul homme auquel il ne fallait pas toucher. Roger, précisa-t-elle en voyant son incompréhension.

— Oh... souffla-t-il.

— Kate t'expliquera mieux que moi ce qui s'est passé quand elle aura retrouvé son calme. Pour l'instant, je crois qu'elle rumine sa déception.

— A cause de Roger?

— Non, de Brenda. Roger a heureusement repoussé avec beaucoup d'énergie la très entreprenante Miss Sanders.

— Dieu merci!

Il se trouvait tout près de la cheminée, mais la chaleur du feu n'avait pas l'air de le déranger.

— Kate est amoureuse de lui, non?

— Il vaudrait mieux parler de cela avec ta fille.

Il hocha la tête.

— Tu as raison. En tout cas... Merci d'être là au moment où elle a besoin de réconfort.

— Pourquoi ne serais-je pas là? J'aime tes enfants depuis le début.

— C'est seulement leur père qui t'est insupportable, constata-t-il en buvant une gorgée de whisky. Est-ce que tu comprends tout ce que sa présence va changer pour nous?

— Tout? s'enquit-elle, inquiète tout à coup.

Il haussa les épaules.

— Nous pouvons difficilement continuer à nous comporter comme deux étrangers, avec elle à la maison!

C'était vrai: elle n'avait pas l'intention de bouleverser Kate encore plus, en lui révélant que le mariage de son père était un lamentable échec. Mais elle ne pouvait pas non plus se comporter comme s'ils filaient le parfait amour.

— Je suis prête à partager mes repas avec toi, si cela peut arranger les choses.

— Tu le ferais pour Kate, mais pas pour moi?

— Tu n'es pas vulnérable comme elle.

— Ah non? Alors pourquoi est-ce que je m'accroche à une femme qui n'attend que le moment de me quitter, pour rejoindre celui qu'elle aime vraiment?

— Oh non, Raff! Tu ne vas pas recommencer avec Curt!

Elle poussa un soupir rageur.

— Je ne l'ai pas vu depuis...

Elle s'interrompit: en vérité, leur dernière entrevue remontait à bien peu de temps. Et Raff l'ignorait.

— ...depuis cinq jours, acheva son mari.

Elle le regarda, ahurie.

— Je l'ai vu entrer dans ta chambre, ce jour-là, expliqua-t-il. C'est pour cela que je suis arrivé si tard.

— Tu m'as dit que tu étais allé voir le médecin!

— Je sortais de son bureau.

— Si tu savais que Curt se trouvait avec moi, pourquoi n'es-tu pas...

— Venu vous surprendre? continua-t-il, amer. Je n'éprouvais pas la moindre envie de vous voir ensemble. Et quand je t'ai rejointe...

— Oui?

— J'ai eu mon comptant de douleur en t'entendant dire que tu partirais après la naissance de notre enfant.

— La visite de Curt n'avait rien à voir avec cette décision. C'était à cause de…

— Tu ne vas pas te changer, papa?

Kate entra en trombe dans la pièce. Elle avait presque retrouvé son exubérance naturelle.

— J'ai appelé Roger et je l'ai invité à dîner. Il devrait arriver d'un moment à l'autre.

Raïf lança un regard douloureux à Bryna… puis il sourit à sa fille.

— A quand la demande en mariage?

Kate devint pivoine.

— Nous… nous avons décidé de ne pas précipiter les choses.

— C'est-à-dire?

Elle se mit à rire.

— Oh, jusqu'à ce que le bébé soit assez grand pour être demoiselle ou garçon d'honneur!

Les yeux de Raff cessèrent de briller, mais il souriait toujours.

— Il va te falloir beaucoup de patience!

Bryna le comprit à son expression: il songeait qu'à ce moment-là, elle et son enfant l'auraient quitté depuis longtemps.

Lui, oui. Mais elle continuerait certainement à voir Paul et Kate.

La jeune fille haussa les épaules, inconsciente de la tension entre les deux adultes.

— Bah, nous avons bien le temps de réfléchir à tout cela! Dépêche-toi, papa, j'ai faim! ajouta-t-elle, impatiente.

— Le contraire m'aurait étonné! dit-il en secouant la tête. Et si je racontais à Roger combien tu lui coûteras en nourriture, peut-être changerait-il d'avis et en épouserait-il une autre! plaisanta-t-il en gagnant l'escalier.

Quand il eut disparu, Kate s'approcha de Bryna et planta un baiser sonore sur sa joue.

— Merci, pour tout à l'heure.

— Ton père a deviné que nous ne lui disions pas la vérité.

— Je m'en doutais : il a trop de flair, cet homme ! Mais ce n'est pas grave. J'en reparlerai plus tard avec lui.

Au cours de la soirée, Raff et Bryna n'échangèrent pas plus d'une dizaine de mots. Pourtant, l'atmosphère fut plutôt détendue ; Raff et Roger s'entendaient très bien, et Kate semblait ravie. Sa déconvenue semblait déjà oubliée.

Ils retournèrent au salon pour le café, que Bryna servit, heureuse de pouvoir occuper ses mains : même si le repas s'était déroulé sans incident, y assister avait été une épreuve pour elle.

— Tu sais, papa, je suis bien contente que tu aies fait la paix avec oncle Curt, déclara soudain Kate avec un sourire heureux. Ne prends pas cet air étonné ! Même si je n'en connaissais pas la raison, j'avais remarqué que vous n'étiez pas en très bons termes, ces derniers temps.

Raff fronça les sourcils, et observa attentivement sa fille.

— Je n'ai jamais douté de ton intelligence, ma chérie, mais je me demande tout de même ce qui t'a donné l'impression que nous avions « fait la paix ».

Le sourire de la jeune fille s'évanouit.

— Tu veux dire que vous ne vous êtes pas réconciliés ?

— Non. Ecoute, Kate...

Sa voix devint plus douce quand il vit la tristesse de sa fille.

— Il arrive que les meilleurs amis du monde aient des sujets de discorde. Tu le sais, maintenant, la vie n'est pas toujours rose.

— Oui, bien sûr, fit-elle, d'une petite voix. Je pensais seulement... J'espérais...

— Je me demande d'où t'est venue cette idée : je n'ai pas vu Curt depuis des semaines.

— Non, mais Stuart Hillier l'a rencontré. En les voyant tous les deux, je me suis dit qu'oncle Curt et toi faisiez des affaires ensemble.

Raff ferma à demi les paupières.

— Quand Stuart a-t-il vu Curt ? s'enquit-il, très calme.

Bryna s'était figée. Curt et Stuart Hillier ? Pour quelle raison les deux hommes se voyaient-ils, si ce n'était pas pour le compte de Raff ? La seule réponse qu'elle put trouver la fit pâlir.

— Je les ai croisés il y a deux semaines environ. Mais... Bryna !

A son tour, Raff se tourna vers elle, inquiet. Puis il se précipita sur elle et prit dans les siennes ses mains glacées.

— Ma chérie, que se passe-t-il ?

Il paraissait si sincèrement affolé... Etait-ce possible ? Avait-elle fait confiance à l'homme qu'il ne fallait pas croire ?

— Bryna ?

Le désespoir perçait dans la voix de son mari.

— Kate, appelle le médecin !

— Non, réussit-elle enfin à articuler ; ça ira. Je vais monter me reposer un peu.

Elle posa sur Raff un regard sombre.

— Peux-tu m'aider, s'il te plaît ?

— Bien sûr.

Malgré l'intense joie que provoquait en lui cette requête, il sut rester maître de lui-même. Il se leva et, sans un mot, la prit dans ses bras. Elle ne protesta pas : ses jambes n'auraient pas supporté le poids de son corps.

— Je suis un peu fatiguée, c'est tout, dit-elle d'une voix rassurante à Kate et Roger. Demain, il n'y paraîtra plus.

Les yeux fermés, elle se laissa aller contre l'épaule de

Raff tandis qu'il l'emportait dans sa chambre. En fait, elle se sentait prête à défaillir : tout tournait dans sa tête. S'était-elle vraiment trompée au sujet de Raff ? Comme elle le souhaitait ! Comme elle espérait que les affreux soupçons éveillés depuis peu en elle soient vrais ! Elle serait libre enfin d'aimer Raff comme avant... Même si elle devait en souffrir un peu, elle priait pour avoir raison.

— Que s'est-il passé ? demanda-t-il d'une voix douce en la déposant sur son lit.

— Raff, qui t'a dit que j'avais une liaison avec Curt ?

— Bryna, je...

— Je t'en prie, c'est essentiel pour l'avenir de notre union.

Elle prit son bras et le secoua fébrilement pour l'encourager.

— L'avenir de... ?

Il lui parut soudain aussi vulnérable qu'il avait prétendu l'être, quelques heures plus tôt.

— Bryna, ne joue pas avec moi.

— Je n'ai jamais été plus sérieuse. C'est quelqu'un d'autre qui a joué avec nous ; un jeu malsain et destructeur.

— Mais de quoi parles-tu ? s'exclama-t-il, impatient.

— Raff, as-tu demandé à Stuart Hillier de m'espionner ?

— Bien sûr que non ! Certes, il a été le premier à me dire qu'il vous voyait souvent ensemble, mais je ne lui ai jamais donné l'ordre de te suivre.

— Alors qui l'a fait ?

— Personne, voyons !

— Pourquoi me surveillait-il, en ce cas ? Pour son propre compte ?

— Il ne te filait pas, Bryna : il t'a rencontrée plusieurs fois, par hasard, en compagnie de Curt, et il m'en parlait comme ça...

— Raff, combien y a-t-il de restaurants à Londres?

Il fronça les sourcils.

— Je n'en sais rien; des centaines probablement.

— Alors comment se fait-il que toi ou Stuart m'ayez vue si régulièrement avec Curt, en des endroits si différents?

— Pure coïncidence, je suppose...

— C'est exactement ce qu'il disait, murmura-t-elle, pensive.

— « Il »?

Raff paraissait ne rien comprendre.

— Tu parles de Stuart?

— Non, de Curt.

Kate racontait qu'elle avait vu Curt et Stuart Hillier quelques semaines plus tôt; pourtant, lors de la pendaison de la crémaillère chez elle, Curt avait eu de la peine à se souvenir comment se nommait l'assistant de Raff. Bryna possédait pour seuls points de repères la coïncidence des restaurants, cette rencontre dont parlait Kate, et le soi-disant trou de mémoire de Curt. Pourtant, elle savait. Elle en était sûre.

— Dans une ville comme Londres, ce genre de hasard ne se produit que si on le cherche; il faut être au courant des allées et venues des gens, dit-elle en poussant un soupir. Curt a essayé de nuire à notre union dès le début, conclut-elle d'une voix lointaine. Cela ne peut être que lui. Je t'accusais toi. Maintenant, je comprends qu'il est l'unique coupable.

La cruauté de la déception lui broya le cœur: elle aimait bien Curt, s'était confiée à lui... Et il avait tenté de la détruire.

Raff s'assit au bord du lit.

— Comment sais-tu tout cela?

Elle ferma les yeux pour refouler ses larmes.

— Une intuition, pour l'instant; je ne peux t'apporter aucune preuve; si tu le peux, crois-moi sur parole.

— Ma chérie... Pour toi, je croirais n'importe quoi.

C'était bien cela. Le jour de sa rencontre avec Curt, puis avec Raff, elle avait défini les deux hommes arbitrairement, comme le soleil et la lune : Curt, clair, lumineux et simple, représentait le premier. Raff, avec son air mystérieux, la seconde. Et elle avait continué à les voir ainsi, durant toute sa liaison avec Raff, depuis son mariage avec lui... Oui, pendant tout ce temps-là, elle les avait vus chacun comme ils n'étaient pas ; Raff était son soleil, et Curt la noirceur, le secret, la destruction.

— Il a lu en moi, comprit-elle, choquée. Il a vu que je t'aimais et que je t'aimerais de toute façon ; il s'est servi de cet amour contre moi !

— Tu... m'aimes ?

Raff semblait abasourdi. Il la regarda, implorant, comme s'il craignait qu'elle ne se moque de lui. Elle lui sourit, avec tout l'amour dont elle était capable.

— Depuis toujours. Dès le premier soir, je suis tombée amoureuse de toi, et je n'ai jamais cessé de l'être. Je n'aurais pas pu devenir ta maîtresse sinon.

Il la saisit par le bras.

— Et moi, je n'aurais jamais accepté que tu le deviennes, si j'avais connu tes sentiments ! gémit-il.

— Que veux-tu dire ? L'idée de cette liaison venait de toi, non ?

— Non, de toi.

— Mais...

— Nous avions passé la nuit ensemble ; j'allais te dire mon amour et mon désir de t'épouser quand tu m'as énoncé ta vision des choses : pas de liens, pas d'engagement, juste du plaisir... se souvint-il, amer. Pour la première fois depuis mon amour de jeunesse avec Josey, je me sentais prêt à me livrer, à dire à une femme que je l'aimais. Et cette femme a brisé mon élan en m'avouant que seul mon corps l'intéressait ! Le monde à l'envers.

L'amertume de sa voix en disait long sur la souffrance qu'il avait endurée.

— Ce n'est pas là ma façon de penser, plaida-t-elle. Je croyais jouer ton jeu, j'avais peur de passer pour une sotte à tes yeux.

— Je n'ai pas l'habitude de ramener une femme chez moi dès le second rendez-vous; pour qu'elle rencontre mes enfants qui plus est! Je suis tombé amoureux de toi au moment où je t'ai vue. Le coup de foudre stupide et imparable. Dès cet instant, je n'ai cessé une seule seconde de penser à toi. Et le jour où je suis rentré de mon voyage aux Etats-Unis, quand tu m'as reçu comme une tigresse, j'ai su que je voulais t'épouser; je voulais que tu entres dans ma vie et que tu n'en sortes plus.

— J'ignorais tes sentiments pour moi, Raff.

Elle prit sa main et la serra nerveusement.

— Mais Curt ne les ignorait pas; il s'en est servi contre nous-mêmes.

— Pourquoi?

— Mystère. Je donnerais cher pour le comprendre.

— Bryna... Tu m'aimes réellement?

Raff ne croyait pas encore à son bonheur.

— Si tu savais avec quelle force! murmura-t-elle.

— Alors tu as traversé le même enfer que moi! dit-il d'une voix douloureuse. Oh, ma chérie, je t'aime tant.

Elle se lova contre lui, dans un besoin impérieux de se sentir encore plus proche. Ses yeux brillaient; il n'y avait plus d'ombres sur l'amour infini qu'elle portait à cet homme. Lui, tendrement, posa ses mains sur son ventre, et se mit à la caresser; bientôt, il s'allongeait à côté d'elle.

Ils firent l'amour avec une grande douceur. Mais leurs corps avaient tant soif l'un de l'autre que, quelques instants à peine après leur union, ils furent emportés par des vagues de plaisir immense; dans l'intensité de leurs sensations, ils retrouvèrent le goût d'aimer, et furent lavés de toute souffrance.

Raff, la tête posée sur le renflement de ses seins, ouvrit les yeux.

— Si tu n'étais déjà enceinte, tu le serais à partir de cette seconde, murmura-t-il avec un sourire heureux.

Bryna comprit tout à fait ce qu'il voulait dire : en faisant l'amour pour la première fois, ils avaient atteint la perfection ; et, bien qu'ils aient toujours ressenti du plaisir dans les bras l'un de l'autre, ils n'avaient plus jamais retrouvé cette plénitude. Leur étreinte de ce soir couronnait leur amour, et brillerait à jamais dans leurs souvenirs comme les instants les plus absolus de leur existence. A présent, elle savait pourquoi leur première nuit et ce soir différaient tant des autres fois : à ces deux seuls moments, ils n'avaient pas essayé de cacher ce qu'ils éprouvaient l'un pour l'autre. Désormais, plus rien ne viendrait entraver la liberté de leur corps.

— Je t'aime, Raff, dit-elle doucement. Je suis fière de porter ton enfant.

— Tu ne m'aimeras jamais autant que je t'aime, répliqua-t-il en riant.

Ses lèvres la caressaient lentement.

— Mon Dieu, que de choses blessantes nous nous sommes dites, pour dissimuler cet amour !

Il resserra son emprise.

— J'ai eu l'impression que tu me plantais un couteau dans le cœur, quand tu m'as dit que tu ne m'aurais jamais choisi comme père de tes enfants.

— Curt m'avait affirmé, chez Kate, que tu utilisais Stuart pour m'espionner. Et souviens-toi, tu venais de me dire : « Comme j'aurais préféré que tu ne sois jamais enceinte ! »

— Bien sûr, à cause de toi ! grommela Raff. J'ai eu si peur de te perdre, ce soir-là !

Il saisit sa main gauche et embrassa la bague de fidélité qui avait trouvé sa place à côté de l'alliance.

— J'ai constaté ton trouble, le jour où je te l'ai offerte,

chuchota-t-il. C'est grâce à cela que je n'ai pas complètement perdu l'espoir... et la raison. Tu sais, je crois sincèrement à son message: je t'aimerai toujours... et je supporterai n'importe quoi, sauf de te perdre.

— Pourquoi me perdrais-tu? répondit-elle doucement. Moi aussi, je veux être tienne à jamais. La seule chose que je ne puisse te promettre, c'est d'avoir un second enfant. Celui-ci est déjà un tel miracle, pour moi...

— Et pour moi donc! Je ne m'y attendais pas plus que toi.

Elle fronça les sourcils.

— Es-tu sûr de vouloir à nouveau un bébé dans ta vie? Avec toutes les contraintes que cela comporte?

— Sûr? Et comment! Lorsque Josey et moi sommes devenus parents, j'imaginais que seule la femme avait le droit de s'occuper des enfants. J'ai changé sur ce point, tu verras!

— Oh, Raff! Dire que je n'ai pas imaginé une seule fois que tu pouvais m'aimer! gémit-elle. Tu m'avais dit que tu ne m'épousais qu'à cause du bébé...

— Avec sa naissance, je tenais l'unique moyen de faire pression sur toi pour que tu m'épouses, corrigea-t-il. Au début, tu paraissais heureuse de notre liaison: tout s'y déroulait comme tu le souhaitais. Ensuite, tu as commencé à t'éloigner de moi... J'ai alors embauché Stuart Hillier pour me décharger de mon trop plein de travail, et pour passer plus de temps auprès de toi. J'avais un tel besoin de ta présence!

— Mais tu ne t'intéressais à moi qu'à l'heure de faire l'amour; tu m'excluais de ta vie professionnelle, de tes relations avec Paul et Kate...

— Je croyais que ces aspects de mon existence te pesaient, et qu'à cause d'eux, tu ne souhaitais rien de plus qu'une liaison. Je me disais que mes deux grands enfants te rappelaient tout le temps notre différence d'âge. Alors j'ai essayé de mon mieux de te tenir éloignée d'eux. Après t'avoir vue si perdue, lors de votre première rencontre, je me suis promis de ne plus t'infliger pareils supplices, de te protéger d'eux.

— C'était uniquement parce que leur présence m'avait déroutée. Au fil de notre liaison, l'envie de les « partager » avec toi n'a cessé de croître.

La jeune femme poussa un profond soupir : quel nœud de malentendus !

— Comme tu me refusais votre intimité, poursuivit-elle, j'en ai conclu que tu désirais uniquement mon corps, que tu ne voulais pas me voir interférer dans le reste de ta vie. Et puis, même nos rapports physiques ont commencé à pâlir... Je m'attendais à ce que tu me délaisses d'un instant à l'autre, je vivais dans cette hantise. Et quand tu as accepté si facilement l'idée que nous ne dormions plus ensemble, après notre mariage, j'y ai vu la preuve que tu n'avais plus envie de moi.

Raff gémit :

— C'est le seul moyen que j'avais de te garder ! A ce moment-là, peu importait comment nous vivrions ensemble par la suite : il fallait que je te retienne. Mais crois-moi : même si, après notre mariage, j'ai tenu ma promesse, je n'avais pas la moindre intention de vivre ce calvaire indéfiniment. Je me disais que tout finirait par s'arranger, que j'arriverais à te reconquérir... Et puis un jour, ta préférence pour Curt m'a semblé évidente. Comme tu m'avais annoncé ton désir de me quitter après sa visite à l'hôpital, j'en ai déduit que...

— Alyson était également venue me voir, ce jour-là. Elle m'a raconté que Stuart l'avait invitée à dîner... Et qu'il avait posé beaucoup de questions indiscrètes sur mon compte. J'en ai conclu que...

— ... je l'avais chargé de se renseigner. Mais non, Bryna, ce n'était pas moi. Curt, sûrement.

— Raff, il faut absolument que nous lui parlions,

déclara Bryna d'une voix calme. Mais auparavant, nous devons enterrer définitivement nos doutes, et comprendre que nous nous aimons ; que Curt ni personne, ne peut rien contre nous. Je ne sais pourquoi il nous voulait tant de mal. Remarque, un petit garçon capable d'en attaquer un à coup de crosse et de lui casser le nez, n'a pas pu devenir un saint en vieillissant ; il a sûrement gardé son tempérament agressif. Qu'il se maîtrise mieux qu'avant, d'accord, mais le fond de sa personnalité est toujours le même.

— Curt t'a donc parlé de cet épisode ? demanda Raff, étonné.

— La première fois que nous nous sommes vus, oui. J'avais complètement oublié cet épisode, tu vois. Pourtant, il est révélateur du caractère de Curt. Sous sa gentillesse, il garde ce côté vindicatif... Avant de lui demander une quelconque explication, nous devons être absolument sûrs de nous, Raff.

— Ma chérie... Je ne peux pas te faire de promesse plus solennelle : je ne douterai plus jamais de toi ni de ton amour. Seul mon désespoir de croire que tu ne m'aimais pas m'a conduit à me comporter comme un imbécile.

De son côté, Bryna avait déjà rendu à son mari son entière confiance : elle savait que les cruautés de Raff, ses absences, tout ce qui l'avait fait souffrir depuis le jour de leur mariage, elle les devait à sa seule souffrance, et à son impuissance à la retenir.

— Appelle Curt, et demande-lui de venir, déclara-t-elle soudain d'une voix ferme.

Raff ouvrit de grands yeux.

— Maintenant ?

— Pourquoi pas ? Il est encore tôt et je préfère ne pas attendre plus longtemps : j'aimerais tirer un trait définitif sur cette noire période de notre vie à deux. Nous devons connaître les motifs qui l'ont poussé à agir de la sorte.

— Tu as raison, ma chérie.

Raff venait de sortir du lit, et enfilait son pantalon, lorsqu'on frappa à la porte... et ouvrit sans attendre la réponse. Kate se tenait sur le seuil. Son regard amusé alla de l'allure négligée de son père aux joues enflammées de Bryna.

— Je venais juste vous souhaiter une bonne nuit. Mais je vois que...

— Kate ! s'exclama son père sur un ton de reproche.

Elle ne lui laissa pas le temps de continuer :

— A demain matin... ou après-midi ! lança-t-elle taquine, en s'esquivant. On dirait que votre lune de miel n'est pas encore terminée !

— Quelle impertinente ! maugréa Raff quand la porte se fut refermée. Je ne comprends pas comment je tolère ces manières !

Bryna s'esclaffa. Elle le regardait s'habiller, les yeux brillants de plaisir.

— Ta fille est plus extravertie que nous, c'est tout ! Et tant mieux pour elle, tu ne crois pas ?

— Tu as raison, une fois de plus.

Il vint s'asseoir à côté d'elle, sur le lit, et caressa tendrement ses épaules nues, la naissance de sa gorge. Dans son regard, elle devinait l'immense amour qu'il éprouvait pour elle.

— Je ne te l'ai encore jamais dit, murmura-t-il, mais je suis vraiment content d'avoir été le premier homme à te tenir dans mes bras. J'étais sur le point de te l'avouer, la première fois, et puis...

— J'ai commencé à te parler du plaisir, de l'absence d'engagement... Je croyais que c'était ta manière de voir les choses.

— Tu étais restée vierge par peur, n'est-ce pas ? demanda-t-il d'une voix rauque. Peur d'être incomplète ?

— C'est exactement cela. Je préférerais te dire que je me suis gardée pour toi, mais en vérité...

— En vérité, c'est bien ce qui s'est passé ! déclara-t-il

avec feu. Je n'étais pas le premier homme à te désirer, évidemment. Pourtant, c'est en moi que tu as eu suffisamment confiance pour t'abandonner. Tu as su qu'avec moi, tu n'aurais pas cette impression de vide.

— Je t'aimais, expliqua-t-elle simplement. J'avais besoin de toi.

— Nous aurons toujours besoin l'un de l'autre, Bryna. Je te promets que, désormais, rien ne nous séparera.

Lorsque Raff appela Curt, celui-ci venait juste de rentrer chez lui. Il accepta aussitôt de les rejoindre.

Bryna et Raff attendaient dans le salon lorsque la sonnette retentit. Raff alla ouvrir : le personnel avait ce soir-là quartier libre, Kate était montée se coucher et dormait probablement.

Curt avait dû sauter dans sa voiture juste après avoir raccroché : il portait encore son smoking et son nœud papillon. Il salua Bryna d'un signe de tête et, refusant de s'asseoir, il demanda :

— Alors ? Que me veux-tu qui ne pouvait pas attendre demain ?

— Tout d'abord, as-tu passé une bonne soirée ? s'enquit Raff, apparemment cordial.

Il lui tendit un verre de cognac. Curt fronça les sourcils, étonné.

— Très bonne, oui. Que...

— As-tu rencontré une de nos connaissances communes ? Mon assistant par exemple ?

— Hillier ? Pourquoi l'aurais-je vu ?

— Oh, une coïncidence de plus... Tu l'as beaucoup fréquenté, ces derniers temps.

Raff le fixait d'un regard glacial ; Bryna tâchait de conserver un visage impassible... Etouffant un juron, Curt se laissa tomber dans un fauteuil.

— Je ne voulais pas que les choses aillent si loin, gémit-il en se cachant le visage de ses mains.

Ni Bryna ni Raff ne s'attendaient à une confession si

rapide. En fait, contre toute vraissemblance, ils espéraient s'être trompés et souhaitaient de tout cœur voir leur ami hors de cause... Hélas, il n'était plus possible de se leurrer. Le pauvre Curt paraissait en plein désarroi; des larmes de pitié montèrent aux yeux de la jeune femme.

— Mais pourquoi, Curt? s'écria Raff.

Bryna se retint d'aller vers lui, de le réconforter. Il souffrait, elle le voyait bien. Mais elle savait que les deux hommes devaient s'affronter seuls.

— Parce que je l'aimais, et qu'elle ne voulait pas te quitter!

Sans honte, Curt se mit à pleurer.

— Nous étions amants, elle disait m'aimer aussi, mais jamais elle n'a voulu s'en aller.

Bryna se redressa d'un bond.

— Curt, vous mentez! Je n'ai jamais été votre maîtresse!

Il secoua la tête.

— Pas vous, Bryna. Je parle de Josey. Pendant cinq ans, nous nous sommes aimés. Jusqu'au jour de sa mort. Malgré mes supplications, elle n'a jamais voulu te laisser, Raff.

Raff était sous le choc. Bien sûr, il savait qu'un homme comptait plus que lui-même, dans la vie de sa première femme. Mais jamais il n'avait pensé à Curt!

— Elle pensait que tu ne te serais jamais séparé de Kate et de Paul... je ne pouvais pas lui donner d'autres enfants. J'ai attendu dix ans; dix ans, pour que tu aimes quelqu'un comme moi j'aimais Josey. Et quand tu as rencontré Bryna, tu n'as même pas été capable de lui avouer ton amour.

Raff inspira profondément.

— Et tu t'es servi de cela pour me nuire.

— Oui. Je voulais que tu comprennes ce que j'ai ressenti à aimer Josey en sachant qu'elle ne serait pas ma femme. Malheureusement, j'ai blessé Bryna aussi, alors que je voulais l'épargner. Lorsqu'elle a failli perdre son bébé, j'ai su combien mon action était destructrice...

— Et Hillier, s'enquit Raff. Que vient-il faire dans tout cela?

— A ta place, je m'en déferais, Raff. Il se laisse facilement acheter.

Raff eut un gémissement de douleur.

— Je t'aimais comme un frère, Curt!

— Moi aussi. Mais dès que j'ai vu Josey, je suis tombé fou amoureux d'elle. Souviens-toi de la première fois où nous l'avons aperçue...

Il sourit, rêveur.

— C'était lors d'une fête organisée par mes parents. Je la trouvais plus belle qu'aucune autre fille; et elle n'avait d'yeux que pour toi.

— J'ignorais tes sentiments pour elle.

— Pourquoi les aurais-tu connus? Tu n'y étais pour rien, mais les femmes te préféraient toujours à moi. Avec les autres, je m'en moquais; je me suis dit qu'avec Josey cela se passerait de la même façon, et que l'agréable tâche de la consoler de toi m'échouerait, comme d'habitude. Mais elle tomba enceinte et j'ai dû me résigner à être votre ami, à tous les deux. Quand j'ai compris que votre mariage était résolument perdu, j'attendais toujours... Elle s'est tournée vers moi. Hélas, je ne pouvais pas lui donner d'enfants.

— Peut-être, si vous étiez venus me parler... Si vous aviez évoqué le problème de Kate et de Paul...

— Peut-être quoi? Tu aurais accepté de te séparer d'eux? Jamais tu n'en aurais été capable.

— Il est possible que tu te trompes, Curt. Cela aurait été très difficile, j'en aurais sûrement beaucoup souffert, mais je savais à quel point Josey les aimait; je connaissais aussi l'amour que tu leur portais.

Curt l'observait, amer.

— Même maintenant, tu n'arrives pas à me détester, n'est-ce pas, Raff?

— Je pourrais essayer si tu le désires vraiment.

— Enfin, j'ai failli provoquer votre séparation!

— Je t'ai aimé trop longtemps pour pouvoir te haïr, Curt.

Un immense élan de tendresse poussa Bryna vers son mari; elle s'approcha de lui et lui prit la main. Curt les avait fait souffrir tous les deux, mais Raff plus qu'elle. Il ne guérirait sans doute jamais d'avoir perdu un être qui représentait tant pour lui.

Curt se leva, maladroit.

— Depuis ma visite à Bryna, à l'hôpital, j'ai décidé de m'installer à New York, annonça-t-il. J'avais prévu de tout vous avouer avant mon départ. Dès la fin du mois, je pars aux Etats-Unis. A moins que tu n'aies l'intention de m'intenter un procès? Je suis prêt à assumer mes erreurs.

Raff attira Bryna contre lui et la serra très fort.

— Tu n'as rien fait d'illégal, Curt. Et même si c'était le cas, je n'aurais rien entrepris contre toi.

Curt soupira tristement.

— Alors, je vous dis adieu. Je doute que nous nous revoyions un jour.

La porte d'entrée claqua... Bryna sentit Raff s'affaisser contre elle. Elle se tourna vers lui et l'accueillit dans ses bras.

— Si tu le prends à chaque fois qu'il émet le moindre petit bruit, tu vas le rendre insupportable! protesta Bryna en entrant dans la nursery.

Raff eut un petit sourire coupable; avec mille précautions, il serrait le bébé contre lui.

— J'ai cru qu'il s'étouffait.

Avec fermeté, Bryna remit l'enfant dans son berceau. Ignorant les cris indignés de son fils, elle poussa Raff hors de la pièce.

— Je me corrige, dit-elle sévèrement. Il *est* déjà insupportable. Il n'a pas deux mois qu'il se comporte comme un affreux enfant gâté !

James Rafferty Gallagher, les deux noms choisis par Bryna mais inversés par Raff (deux Raff dans une seule maison, c'était beaucoup à son avis), avait presque sept semaines. Mais dès son arrivée dans la grande maison, il avait compris qu'il était le maître des lieux. Il séduisait tout le monde avec ses cheveux sombres, ses yeux mauves et ses sourires angéliques !

— Il pleurait…

— Ecoute, il a été changé, nourri, câliné, maintenant, il a besoin de dormir, même s'il ne s'en rend pas compte ! Honnêtement, je préférerais que ton nouvel assistant soit un peu moins efficace : tu serais obligé d'aller au bureau de temps en temps !

Tous deux savaient qu'elle plaisantait ; chaque instant passé ensemble valait de l'or, et ils profitaient au maximum de leur temps libre. A l'agence, Alyson se débrouillait à merveille, et Raff avait toute confiance en son nouveau bras droit.

— Et puis, en tant que mère, il faut bien que je m'affirme un peu : entre toi et les deux grands, je ne tiens jamais mon bébé dans mes bras !

Bryna était ravie de l'accueil qu'on avait réservé à James : Kate et Paul, qui auraient pu le considérer comme un intrus, venaient le voir à la moindre occasion. Et ils se disputaient le plaisir de le garder si par hasard Raff et Bryna sortaient le soir.

Pendant l'été, Kate avait emménagé dans un autre appartement, avec une amie de longue date, et tout se déroulait au mieux. Son frère et elle avaient été bouleversés par le départ de leur « oncle » Curt. Bryna savait que son mari pensait souvent à lui. Par des relations communes, ils apprirent qu'il refaisait sa vie là-bas, et qu'il s'acclimatait parfaitement à son nouveau style d'existence. Maintenant qu'eux-mêmes avaient trouvé le bonheur, ils lui souhaitaient tout le bien possible.

— Arrête de me chercher querelle, et raconte-moi plutôt ce que le médecin a dit, ce matin.

Elle sourit. Il n'avait pas voulu assister à la visite post-natale, pour ne pas la gêner, mais il maîtrisait difficilement son impatience.

— Dès que notre diable de fils se sera endormi, je te dirai tout.

Elle caressa son visage d'un doigt aimant ; les yeux de Raff s'emplirent de tendresse.

Ils restèrent un instant sur le pas de la porte, l'oreille aux aguets... Puis Raff, triomphant, la prit dans ses bras.

— Là, tu vois ! Qui a dit qu'il était insupportable ?

— Qui a insisté pour le reposer dans son berceau ?

Ils se mirent à rire.

— Allons dans notre chambre ; il n'est pas question de le réveiller, maintenant ! Et puis j'ai trop besoin de te sentir contre moi. Si tu savais combien la chaleur de ton corps m'a manqué, ces derniers temps ! J'avais l'impression d'être... incomplet.

— Toi, tu fais partie de moi depuis le premier jour.

— Comme ça, tu ne risques pas de me perdre !

Ils s'embrassèrent, éperdus d'amour ; ils savaient que, pour eux, la vie ne faisait que commencer.

Bon pour un roman Harlequin Série Or

[illegible]

[illegible] de la Série Or, [illegible] aux abonnés :

[illegible] au lieu de 65,00 F

[illegible]

[illegible] par [illegible]

[illegible]

N° de [illegible]

[illegible]

Achevé d'imprimer en décembre 1987
sur les presses de l'imprimerie Bussière
à Saint-Amand-Montrond (Cher)

— N° d'imprimeur : 2805. —
— N° d'éditeur : 1845. —
Dépôt légal : janvier 1988.

Imprimé en France